U0627057

致父亲

梁晓声 著

江苏凤凰文艺出版社
JIANGSU PHOENIX LITERATURE AND
ART PUBLISHING

只 为 优 质 阅 读

好
读

Goodreads

目 录
Contents

父亲

关于父亲，我写下这篇忠实的文字，为一个由农民成为工人阶级的一员"树碑立传"，也为一个儿子保存将来献给儿子的记忆……

小时候，父亲在我心目中，是严厉的一家之主，绝对权威，靠出卖体力供我吃穿的人，恩人，令我惧怕的人。

父亲板起脸，母亲和我们弟兄四个，就忐忑不安，如对大风暴有感应的鸟儿。

父亲难得心里高兴，表情开朗。

那时妹妹未降生，爷爷在世，老得无法行动了，整天躺在炕上咳嗽不止，但还很能吃。全家七口人高效率的消化系统，仅靠吮咂一个三级抹灰工的汗水。用母亲的话说，全家天天都在"吃"父亲。

父亲是个刚强的山东汉子，从不抱怨生活，也不叹气。父亲板着脸任我们"吃"他。父亲的生活原则——万事不求人。

邻居说我们家："房顶开门，屋地打井。"

我常常祈祷，希望父亲也抱怨点什么，也唉声叹气。因为我听邻居一位会算命的老太太说过这样一句话："人人胸中一口气。"按照我天真幼稚的想法，父亲如果能唉声叹气，则会少发脾气了。

父亲就是不肯唉声叹气。

这大概是父亲的"命"所决定的吧？真很不幸！我替父亲感到不幸，也替全家感到不幸。但父亲发脾气的时候，我却非常能谅解他，甚至同情他。一个人对自己的"命"是没办法的。别人对这个人的"命"也是没办法的。何况我们天天在"吃"父亲，难道还不允许天天被我们"吃"的人对我们发点脾气吗？

父亲第一次对我发脾气，就给我留下了终生难忘的印象。一个惯于欺负弱小的大孩子，用碎玻璃在我刚穿到身上的新衣服背后划了两道口子。父亲不容我分说，狠狠打了我一记耳光。我没哭，没敢哭，却委屈极了，三天没说话。在拥挤着七口人的不足十六平方米的空间内，生活绝不会因为四个孩子中的一个三天没说话而变得异常的。全家都没注意我三天没说话。

第四天，在学校，在课堂，老师点名，要我站起来读课文。那是一篇我早已读熟了的课文。我站起来后，许久未开口。老师急了，同学们也急了。老师和同学们都用焦急的目光看着我，教室的最后一排，坐着七八位外校的听课老师。

我不是不想读。我不是存心要使我的班级丢尽荣誉。我是读不出来。读不出课文题目的第一个字。我心里比我的老师、比我的同学们还焦急。

"你怎么了？你为什么不开口读？"老师生气了，脸都气红了。

我哇的一声大哭起来。

从此我们小学二年级三班，少了一名老师喜爱的"领读生"，多了一个"结巴磕子"，我也从此失掉了一个孩子的自尊心……

我的口吃，直至上中学以后，才自我矫正过来。我变成了一个说话慢言慢语的人。有人因此把我看得很"成熟"，有人因此把我看得"胸有城府"。而在需要"据理力争"的时候，我往往成了一个"结巴磕子"，或是一个"理屈词穷"者。父亲从来也没对我表示过歉意。因为他从来也没将他打我那一耳光和我以后的口吃联系在一起……

爷爷的脾气也特火暴。父亲发怒时，爷爷不开骂，便很值得我们庆幸了。

值得庆幸的时候不多。

母亲属羊，像只羊那么驯服，完全被父亲"统治"。如若反过来，我相信对我们几个孩子是有益处的。因为母亲是一位农村私塾先生的女儿，颇识一点文字。遗憾的是，在家庭中，父亲的自我意识，起码比"工人阶级领导一切"这条理论早形成二十年。

中国的贫穷家庭的主妇，对困苦生活的适应力和忍耐力是极可敬的。她们凭一种本能对未来充满憧憬。虽然这憧憬是朦胧的，盲目的，带有浪漫的主观色彩的。期望孩子长大成人后都有出息，是她们这种憧憬的萌发基础。我的母亲在这方面的自觉性和自信心，我认为是高于许多母亲的。

关于"出息"，父亲是有他独到的理解的。

一天吃饭的时候，我喝光了一碗苞谷面粥，端着碗又要去盛，瞥见父亲在瞪我。我胆怯了，犹犹豫豫地站在粥盆旁，不敢再盛。

父亲却鼓励我："盛呀！再吃一碗！"

父亲见我只盛了半碗，又说："盛满！"接着，用筷子指着哥哥和两个弟弟，异常严肃地说："你们都要能吃！能吃，才长力气！你们眼下靠我的力气吃饭，将来，你们是要靠自己的力气吃饭的！"

我第一次发现，父亲脸上呈现出一种真实的慈祥、一种由衷的喜悦、一种殷切的期望、一种欣慰、一种光彩、一种爱。

我将那满满一大碗苞谷面粥喝下去了，还强吃掉半个窝窝头。为了报答父亲，报答父亲脸上那种稀罕的慈祥和光彩。尽管撑得难受，但心里幸福。因为我体验到了一次父爱。我被这次宝贵的体验深深感动。

我以一个小学生的理解力，将父亲那番话理解为对我的一次教导、一次具有征服性的教导、一次不容置疑的现身说法。我心领神会，虔诚之至地接受这种教导。从那一天起饭量大了，觉得自己的肌肉也仿佛日渐发达，力气也似乎有所增长。

"老梁家的孩子，一个个都像小狼崽子似的！窝窝头、苞谷面粥、咸菜疙瘩，瞧一顿顿吃得多欢，吃得多馋人哟！"这是邻居对我们家的唯一羡慕之处。父亲引以为豪。

我十岁那年，父亲随东北建筑工程公司支援大西北去了。父亲离家不久，爷爷死了。爷爷死后不久，妹妹出生了。妹妹出生不久，母亲病了。医生说，因为母亲生病，妹妹不能吃母亲的奶。哥哥已上中学，每天给母亲熬药，指挥我们将家庭乐章继续下去。我每天给妹妹打牛奶，在母亲的言传下，用奶瓶喂妹妹。

我极希望自己有一个姐姐。母亲为我生育过一个姐姐。然而我未见过姐姐长什么样，她不满三岁就病死了。姐姐死得很冤，因为父亲不相信西医，不允许母亲抱她去西医院看病。母亲偷偷抱着姐姐去西医院看了一次病，医生说晚了。母亲由于姐姐的死大病了一场。父亲却从不觉得应对姐姐的死负什么责任。父亲认为，姐姐纯粹是因为吃了两片西药被药死的。

"西药，是治外国人的病的！外国人，和我们中国人的血脉是不一样的！难道中国人的病是可以靠西药来治的吗？！西药能治中国人的病，我们中国人还发明中医干什么？！"

父亲这样对母亲吼。

母亲辩驳："中医先生也叫抱孩子去看看西医。"

"说这话的，就不是好中医！"父亲更恼火了。

母亲，只有默默垂泪而已。

邻居那个会算命的老太太，说按照《麻衣神相》，男属阳，女属阴，说我们家的血脉阳盛阴衰，不可能有女孩。说父亲的秉性太刚，女孩不敢托生到我们家。说我夭折的姐姐，是被我们家的阳刚之气"克"逃了，又托生到别人家中去了。

一天晚上，我亲眼看见，父亲将一包中草药偷偷塞进炉膛里，满屋弥漫着一种苦涩的中草药味。父亲在炉前呆呆站立了许久，从炉盖子缝隙闪耀出的火光，忽明忽暗地映在父亲脸上。父亲的神情那般肃穆，肃穆中呈现出一种哀伤……

我幼小的心灵，当时很信服《麻衣神相》之说。要不妹妹为什么是在父亲离家，爷爷死后才出生的呢？我尽心尽意照料妹妹，希望妹妹是个胆大的女孩，希望父亲三年内别探家。唯恐妹妹也像姐姐似的"托生"到别人家中去。妹妹的"光临"，毕竟使我想有一个姐姐的愿望，某种程度上得到了一种补偿性的满足。

父亲果然三年没探家，不是怕"克"逃了妹妹，是打算积攒一笔钱。父亲虽然身在异地，但企图用他那条"万事不求人"的生活原则遥控家庭。

"要节俭，要精打细算，千万不能东借西借……"父亲求人写的每一封家信中，都忘不了对母亲谆谆告诫一番。父亲每月寄回的钱，根本不足以维持家中的起码开销。母亲彻底背叛了父亲的原则。我们家"房顶开门，屋地打井"的"自力更生"的历史阶段，很令人悲哀地结束了。我们连心理上的所谓"穷志气"都失掉了……

父亲第一次探家，是在春节前夕。父亲攒了三百多元钱，还了母亲借的债，剩下一百多元。

"你是怎么过的日子？啊？！我每封信都叮嘱你，可你还是借了这么多债！你带着孩子们这么个过法，我养活得起吗？！"父亲对母亲吼。他坐在炕沿上，当着我们的面，粗糙的大手掌将炕沿拍得啪啪响。

母亲默默听着，一声不吭。

"爸爸，您要责骂，就责骂我们吧！不过我们没乱花过一分钱。"哥哥不平地替母亲辩护。

我将书包捧到父亲面前，兜底儿朝炕上一倒，倒出了正、反两面都写满字的作业本，几截手指般长的铅笔头。我瞪着父亲，无言地向父亲声明：我们真的没乱花过一分钱。

"你们这是干什么？越大越不懂事了！"母亲严厉地训斥我们。

父亲侧过脸，低下头，不再吼什么。许久，父亲长叹了一声，那是从心底发出的沉重负荷下泄了气似的长叹。

那是我第一次听到父亲叹气。

我心中倏然对父亲产生了一种怜悯。

第二天，父亲带领我们到商店去，给我们兄弟四个每人买了一件新衣服，也给母亲买了一件平绒上衣……

父亲第二次探家，是在三年困难时期。

"错了，我是大错特错了！"——细瞧着我们几个孩子因吃野菜而浮肿不堪的青黄色的脸，父亲一迭声地说他错了。

"你说你什么事错了？"母亲小心翼翼地问。

父亲用很低沉的声音回答："也许我十二岁那一年就不该闯关东……我想，如今老家的日子兴许会比城市的日子好过些？就是吃野菜，老家能吃的野菜也多啊……"

父亲要回老家看看。如果老家的日子比城市的日子好过些，他就将带领母亲和我们五个孩子回老家，不再当建筑工人，重当农民。

父亲这一念头令我们感到兴奋，给我们带来希望。我们并不迷恋城市。野菜也好，树叶也好，哪里有无毒的东西能塞满我们的胃，哪里就是我们的福地。父亲的话引发了我们对从未回去过的老家的向往。

母亲对父亲的话很不以为然。但父亲一念既生，便会专执此念。那是任何人也难以使他放弃的。

母亲从来也没有能够动摇过父亲的哪怕一次荒唐的念头。母亲根本不具备这种妇人之术。母亲很有自知之明，便预先为父亲做种种动身前的准备。

父亲要带一个儿子回山东老家。

在我们——他的四个儿子之间，展开了一次小小的纷争。最后，由父亲做出了裁决。

父亲庄严地对我说："老二，爸带你一块儿回山东！"

老家之行，印象是凄凉的。对我，是一次大希望的大破灭；对父亲，是一次心理上和感情上的打击。老家，本没亲人了，但毕竟是父亲的故乡。故乡人，极羡慕父亲这个挣现钱的工人阶级。故乡的孩子，极羡慕我这个城市的孩子。羡慕我穿在脚上的那双崭新的胶鞋。故乡的野菜，还塞不饱故乡人的胃。我和父亲路途上没吃完的两掺面的馒头，在故乡人眼中，是上等的点心。父亲和我，被故乡一种饥饿的氛围促使，竟忘乎所以地扮演起"衣锦还乡"的角色来。

父亲第二次攒下的二百元钱，除了路费，东家给五元，西家给十元，以"见面礼"的方式，差不多全救济了故乡人。我和父亲带了一小包花生米和几斤地瓜干离开了故乡……

到家后，父亲开口对母亲说的第一句话是："孩子他妈，我把钱抖搂光了！你别生气，我再攒！"

这是我第一次听到父亲用内疚的语调对母亲说话。

母亲淡淡一笑："我生啥气呀！你离开老家后，从没回去过，也该回去看看嘛！"仿佛她对那被花光的二百多元钱毫不在乎。

但我知道，母亲内心是很在乎的。因为我看见，母亲背转身时，眼泪从眼角溢出，滴落在衣襟上。

那一夜，父亲翻身不止，长叹接短叹。

两天后，父亲提前回大西北去了。假期内的劳动日是发双份工资的……

父亲始终恪守自己给自己规定的三年探一次家的铁律，直至退休。父亲是很能攒钱的。母亲是很能借债的。我们家的生活，恰恰特别需要这样一位父亲，也特别需要这样一位母亲。所谓"对立统一"。

在我记忆的底片上，父亲越来越成为一个模糊的虚影，三年显像一次；在我的情感世界中，父亲越来越成为一个我想要报答而无力报答的恩人。

报答这种心理，在父子关系中，其实质无异于溶淡骨血深情的稀释剂。它将最自然的人性、最天经地义的伦理平和地扭曲为一种最荒唐的债务。而穷困之所以该诅咒，不只因为它造成物质方面的债务，更因为它造成精神上和情感上的债务。

父亲第三次探家那一年，正赶上哥哥考大学。父亲对哥哥想考大学这一欲望，以说一不二的威严加以反对。

"我供不起你上大学！"父亲的话，令母亲和哥哥感到没有丝毫商量的余地。

好心的邻居给哥哥找了一个挣小钱的临时活——在菜市场卖菜。卖十斤菜可挣五分钱。父亲逼着哥哥去挣小钱。哥哥每天偷偷揣上一册课本，早出晚归。回家后交给父亲五角钱。那五角钱，是母亲每天偷偷塞给哥哥的。哥哥实则是到公园里或松花江边去温习功课的。骗局终于败露，父亲对这种"阴谋诡计"大发雷霆，用水杯砸碎了镜子。

父亲气得当天就决定回大西北。我和哥哥将父亲送到火车站。

列车开动前，父亲从车窗口探出身，对哥哥说："老大，听爸的话，别考大学！咱们全家七口，只我一个挣钱，我已经五十出头了，身板一天不如一天了，你应该为我分担一点家庭担子了啊！"父亲的语调中，流露出无限的苦衷和哀哀的恳求。

列车开动时，父亲流泪了。一滴泪水挂在父亲胡楂儿又黑又硬的脸腮上。我心里非常难过。却说不清究竟是为父亲难过，还是为哥哥难过。我知道，哥哥已背着父亲参加了高考。母亲又一次欺骗了父亲。哥哥又一次欺骗了父亲。我这个"知情不举"者，也欺骗了父亲。我因无罪的欺骗感到内疚极了。我，很大程度上是为自己难过……

几天后，哥哥接到了大学录取通知书。母亲欣慰地笑了。哥哥却哭了……

我又送走了哥哥。

哥哥没让我送进站。

他说："省下买站台票的五分钱吧。"

在检票口，哥哥又对我说："二弟，家中今后全靠你了！先别告诉爸爸，我上了大学……"

我站在检票口外，呆呆地望着哥哥随人流走入火车站，左手拎着行李卷，右手拎着网兜，一步三回头。

我缓慢地走在回家的路上，手中紧紧攥着没买站台票省下的那五分镍币，心中暗想：为了哥哥，为我们家祖祖辈辈的第一个大学生，全家一定要更加省吃俭用，节约每分钱……

我无法长久隐瞒父亲哥哥已上了大学这件事。我不得不在一封信中告诉父亲实情。

哥哥在第一个假期被学校送回来了。

他再也没能返校。

他进了精神病院——一个精神世界的自由王国——一个心理弱者的终生归宿。一个明确的句号。

我从哥哥的日记本中，翻出了父亲写给哥哥的一封信，一封错字和白字占半数以上的信，一封扫盲并不彻底的文化程度的信：

老大！你太自私了！你心中根本没有父母！根本没有弟弟妹妹！你只想到你自己！你一心奔你个人的前程吧！就算我白养大你！就算我没你这个儿子！有朝一日你当了工程师！我也再不会认你这个儿子！

每句话后面都是"！"，所有这些"！"，似乎也无法表述父亲对哥哥的愤怒。父亲这封信，使我联想到了父亲对我们的那番教导："将来，你们都是要靠自己的力气吃饭的！"我不由得将父亲的教导作为基础理论进行思考：每个人都是有把子力气的，倘一个人明明可以靠力气吃饭而又并不想靠力气吃饭，也许竟是真有点大逆不道的吧？哥哥上大学，其实绝不会造成我们家有一个人饿死的严峻后果。那么父亲的愤怒，是否也因哥哥违背了他的教导呢？父亲是一个体力劳动者，我所见识过的体力劳动者，大致可分为两类。一类自卑自贱，怨天咒命的话常挂在嘴边上："我们，臭苦力！"另一类盲目自尊，崇尚力气，对凡是不靠力气吃饭的人，都一言以蔽之曰："吃轻巧饭的！"蕴含着一种藐视。

父亲属于后一类。

如今想起来，这也算一件极可悲的事吧！对哥哥抑或对父亲自己，难道不都可悲吗？

父亲第四次探家前，我到北大荒去了。以后的七年内，我再没见过父亲。我不能按照自己的愿望和父亲同时探家。

在我下乡的第七年，连队推荐我上大学。那已是第二次推荐我上大学了。我并不怎么后悔地放弃了第一次上大学的机会。哥哥上大学所落到的结果，比父亲对我的人生教导在我心理上造成更为深刻的不良影响。然而第二次被推荐，我却极想上大学了。第二次即最后一次。我不会再获得第三次被推荐的机会。那一年我二十五岁了。

我明白，录取通知书没交给我之前，我能否迈入大学校门，还是一个问号。连干部同意不同意，至关重要。我当众顶撞过连长和指导员，我知道他们对我耿耿于怀。我因此而忧虑重重。几经彻夜失眠，我给父亲写了一封信，告知父亲我已被推荐上大学，但最后结果，尚在难料之中，请求父亲汇给我二百元钱。还告知父亲，这是我最后一次上大学的机会。我相信我暗示得很清楚，父亲是会明白我需要钱干什么的。信一投进邮筒，我便追悔莫及。我猜测父亲要么干脆不给我回音，要么会写封信来狠狠骂我一通。肯定比骂哥哥那封信更无情。按照父亲做人的原则，即使他的儿子有当皇上的可能，他也是绝不容忍他的儿子为此用钱去贿赂人心的。

没想到父亲很快就汇来了钱。二百元整。电汇。汇单的附言条上，歪歪扭扭地写着几个错别字："不勾（够），久（就）来电。"

当天我就把钱取回来了。晚上，下着小雨。我将二百元钱分装在两个衣兜里，一边一百元。双手都插在衣兜，紧紧攥着两沓钱。我先来到指导员家，在门外徘徊许久，没进去。后来到连长家，鼓了几次勇气，猛然推门进去。我支支吾吾地对连长说了几句不着边际的话，立刻告辞。双手始终没从衣兜里掏出来，两沓钱被攥湿了。

我缓缓地在雨中走着。那时一个充满同情的声音在我耳边说："梁师傅真不容易呀，一个人要养活你们这么一大家子！他节俭得很呢，一块臭豆腐吃三顿，连盘炒菜都舍不得买……"

这是父亲的一位工友到我家对母亲说过的话。那时我还小，长大后忘了许多事，但这些话忘不掉。

我觉得衣兜里的两沓钱沉甸甸的，沉得像两大块铅。我觉得我的心灵那么肮脏，我的人格那么卑下，我的动机那么可耻。我恨不得将我这颗肮脏的心从胸膛内呕吐出来，践踏个稀巴烂，践踏到泥土中。

我走出连队很远，躲进两堆木楞之间的空隙，痛痛快快地大哭了一场。我哭自己，也哭父亲。父亲他为什么不写封信骂我一通啊？！一个父亲的人格的最后一抹光彩，在一个儿子心中黯然了，就如同一个泥偶毁于一捧脏水。而这捧脏水是由儿子泼在父亲身上的，这是多么令人悔恨、令人伤心的事啊！

第二天抬大木时，我坚持由三杠换到了二杠——负荷最沉重的位置。当两吨多重的巨大圆木在八个人的号子声中被抬离地面，当抬杠深深压进我肩头的肌肉，我心中暗暗呼应的却是另一种号子——爸爸，我不，不……

那一年我还是上了大学。连长和指导员并未从中作梗，而且还把我送到了长途汽车站。和他们告别时，我情不自禁地对他们说了一句："真对不起……"他们默默对望了一眼，不知我说这句话是什么意思。

那个漆黑的，下着小雨的夜晚，将永远永远保留在我记忆中……

三年大学，我一次也没有探过家，为了省下从上海到哈尔滨的半票票价，也为了父亲每个月少吃一块臭豆腐，多吃一盘炒菜。

毕业后，参加工作一年，我才探家，算起来，我已十年没见过父亲了。父亲提前退休了。他从脚手架上摔下来过一次，受了内伤，也年老了，干不动重体力活了。

三弟返城了。我回到家里时，见三弟躺在炕上，一条腿绑着夹板，吊在半空。小妹告诉我，三弟预备结婚了。新房是傍着我们家老屋山墙盖起的一间"偏厦子"。我们家的老屋很低矮，那"偏厦子"不比别人家的煤棚高多少。

我进入"新房"看了看，出来后问三弟："怎么盖得这么凑凑乎乎？"

三弟的头在枕上侧向一旁，半天才说："没钱。能盖起这么一间就不错了。"

我又问："你的腿怎么搞的？"

三弟不说话了。

小妹从旁替他说："铺油毡时，房顶木板太朽了，踩塌掉进屋里……"

我望着三弟，心里挺难受。我能读完三年大学，全靠三弟每月从北大荒寄给我十元钱。

吃过晚饭后，我对父亲说："爸爸，我想和你谈件事。"

父亲看了我一眼，默默地等待我说。父亲看我时的目光，令我感到有些陌生。是因为我们父子分别了整整十年吗？是因为我成了一个大学毕业生吗？我不得而知。他看我那一眼，像一匹老马看一头小牛。

我向父亲伸出一只手："爸爸，把你这些年攒的钱都拿出来，给三弟盖房子用吧！"

父亲又用那种有些陌生的目光看了我一眼，低下头，沉默半晌，才低声说："我……不是已经给了吗？……"

我说："爸爸，你只给了三弟二百五十元钱呀！那点钱能够盖房子用吗？"

"我……再也没钱……"父亲的声音更低了。

我大声说："不对！爸爸，你有！我知道你有！你有三千多元钱！……"

父亲腾地从炕沿上站了起来，脸色涨得紫红，怒吼道："你！……你简直胡说！我什么时候攒下过三千元？！"

躺在炕上的三弟插嘴说:"二哥,你何必为我逼爸爸呢!爸爸一辈子都想攒钱,如今总算攒下了,能舍得拿出来为我盖房子?"口吻中流露出一个儿子内心对父亲的极大不满。

我生气了,提高嗓门说:"爸爸,你这样做不对!三弟能在那样一间煤棚似的破屋里结婚吗?那里出生的,将是你的孙子,或是你的孙女!你将在子孙后代面前感到羞愧的!……"我心中倏然对父亲鄙视起来。

"住嘴!……"父亲举起了一只拳头。拳没落到我身上,在空中僵了片刻,沉重地落在了父亲自己的脑门上。母亲、四弟和小妹赶紧从里间屋出来,把我往里间屋拉。

"你!……十年没见我,一见我就教训我吗?!好一个儿子啊!你就是这样给你弟弟妹妹们做榜样的吗?你可算念成了大学了!你给我滚!……"父亲脸腮抽搐着,眼中喷射出怒火。他那凶暴的语调中,有一种寒透了心的悲凉成分。他用手朝我一指,又吼出一个"滚"字,再说不出别的话来。

我一下子挣脱了母亲和四弟拉住我的手,大声说:"爸爸,我永远不再回这个家!"说完,冲出了家门。

我一口气走到火车站,买了一张三个小时后开往北京的火车票,坐在候车室的长凳上,一支接一支地吸烟。

不知过了多久,听到有人轻轻叫我,抬起头,见母亲和四弟站在面前。

四弟说:"二哥,回家吧!"

母亲也说："回家吧，妈求你！"

"不……"我坚决地摇摇头。

母亲又说："你怎么能那样子跟你父亲争吵呢？他的确是没攒下那么多钱呀！他攒下的一点钱，差不多全给你三弟了……下个月初就要给你哥交住院费……"

几个好奇的男人女人围住了我们，用各种猜疑的目光注视我。

我听到一个上了年纪的女人离开时叹了口气，说："可怜天下父母心啊！"

我分明是被看成一个不孝之子了。

我打断母亲的话，说："妈妈，您别替我父亲辩护了！我在大学时，您求人写信告诉过我，父亲已积攒下了三千元钱。他怎么能对他的儿子那么吝啬？"

母亲怔了一下，说："傻孩子，是妈不好，妈那是骗你的呀！为了让你在大学里安心读书，不挂虑家中的生活……"

听了母亲的话，我呆呆地望着母亲那张憔悴的脸，发愣许久，说不出话来。

"听妈的话，回家吧！回家跟你爸认个错……"母亲上前扯我。

我低下头哭了……

我跟着母亲和四弟回到了家里。我向父亲认了错。父亲当时没有任何原谅我的表示。

小妹那时已中学毕业，在家待业两年了，一直没有分配工作。

母亲低眉顺眼地去找过街道主任几次，街道主任终于给了个话口说："下一次来指标，我给使把劲试试看吧！"

母亲将这话学给父亲，对父亲说："为了孩子，这人情，管多管少，无论如何也得送啊！"

父亲拉开抽屉，取出一个牛皮纸钱包，递给母亲，头也不抬地说："我这个月的退休金，刚交了老大的住院费，剩下的都在里边了……"

牛皮纸钱包里，大票只有两张十元的了。母亲犹豫了一阵，将其中一张交给妹妹。妹妹就用那十元钱买了点不成体统的东西，当天拎着去街道主任家"表示表示"。怎么拎去的，又怎么拎回来了。

母亲诧异地问："怎么拎回来了？"

小妹沮丧地回答："人家不肯收。"

母亲又问："嫌少？"

"人家说，多年住在一条街上，收了，就显得不好了。人家说，要是咱们非要表示表示，她家买了一吨好煤，咱们帮忙给拉回来……"小妹说罢，怯怯地瞟了父亲一眼。

父亲始终没抬头，听罢小妹的话，头更低下去了。过了好一会儿，父亲才开口说："我和你四哥……一块儿去给拉回来……"

四弟刚巧从外面回来，问明白后，为难地对父亲说："爸，我们厂的团员明天要组织一次活动，我是团支部书记，我不能不去呀！"

小妹急了："什么破团支部书记，你当得那么上瘾？！明天不给拉回来，人家的煤票就过期了！"

这一段对话，我在里屋都听到了，我跨出里屋，对小妹说："明天我和爸去拉。"

父亲突然莫名其妙地火了："谁都用不着你们！我明天一个人去拉！我还没老得不中用，我还有力气！"

头天晚上就下起了大雨。第二天白天，雨下得更大了。我和父亲借了辆手推车，冒雨去拉煤。路很远。煤票是在一个铁道线附近的大煤厂开的，距我们住的街区，有三十来里。一吨煤，分三趟拉。天黑才拉回第三趟。拉第三趟时，一只车轮卡在铁轨岔角里。无论我和父亲使出多大的力气，车轮都纹丝不动，像被焊住了。我和父亲一块儿推，一块儿拉，一个推，一个拉，弄得浑身是泥，双手处处是伤，始终一筹莫展。在暴雨中，我听得见父亲像牛一样呼哧呼哧的喘息声。

我抹了把脸上的雨水，对父亲大声喊："爸爸，你在这儿看着，我去道班房找个人来帮帮忙！"

"你的力气都哪儿去了？！"父亲一下子推开我，弯下腰，用他那肌肉萎缩了的肩膀去扛车。

远处传来了火车的吼声。一列火车开过来了。在闪电亮起的刹那，我看见一块松弛的皮肤，被暴雨无情地鞭打着。是一个老年人丧失了力气的脊梁。

车头的灯光从远处射了过来。

父亲仍在徒劳无益地运用着微不足道的力气。

我拔腿飞快地朝道班房跑去。道班工人发出了紧急停车信号。

列车停住了。

道班工人和我一块儿跑到煤车前。

父亲还在用肩膀扛煤车。他仿佛根本没发现有火车开过来。

"你他妈的玩命啊！"道班工人恶狠狠地骂了一句。

火车车头的光束正照着煤车。父亲的肩膀，终于离开了煤车。父亲缓缓抬起了头。我看清了父亲那张绝望的脸，那张皱纹纵横的脸。每一条皱纹，都仿佛是一个"！"，比父亲写给哥哥的那封信中还多……

雨水，从父亲的老脸上往下淌着。

我知道，从父亲脸上淌下来的，绝不仅仅是雨水。父亲那双瞪大的眼神空洞的眼睛，那抽搐的脸腮，那哆嗦的双唇，说明了这一点……

这个雨夜，又使我回想起了几年前那个雨夜。我躲在我们连队木楞堆之间大哭一场的那个雨夜……

今年四月的一天，我收到一封电报，电文——"父即日乘十八次去京，接站"。我又几年没探家了。我与父亲又几年没见面了。我已经三十五岁了，可以说是一个中年人了。电报使我心中涌起了一个中年人对自己老父亲的那种情感。那是一种并不强烈的、撩拨回忆的情感。人的回忆，是可以随着年龄的增长而改变"焦点"的，好像照片随着时间改变颜色一样。回忆往事，我心中对父亲的谴责少了，对自己的谴责反而多了。我毕竟没有给过父亲多少一个儿子对父亲的爱啊！

电报没能在头一天交到我手里，却被人从门底缝塞进了我的办公室。我头一天熬夜，第二天上班很迟。看看手表，离列车到站时间，仅差一小时十五分。马上动身完全来得及接站。我手中拿着电报，心里倏忽产生了一个念头——租一辆小汽车去接站。这念头产生得很随便，就像陕西人想吃一顿羊肉泡馍。父亲生平连一次小汽车也没坐过，我要给予父亲"生平第一次"。我给几处出租汽车站打电话，都没车。二十多分钟在电话机前过去了。乘公共汽车接站，已根本来不及。只有继续拨电话。又拨了十多分钟，终于要到了一辆车。说很快就到，却并不很快，半小时以后才到。一路红灯，驶驶停停。到火车站，早已过时。

我打开车门就往下跳，司机一把揪住我："车费！"我一摸衣兜，钱包没带！

只好向司机赔笑脸，告诉他我是来接人的，接到了再给他车费。说了不少好话，最后将工作证押给他，他才算松开了手。

站内站外，都没寻找到父亲。

我沮丧地回到出租汽车跟前，央求司机再送我回家，来去车费一块儿付。

司机哼了一声，将车开走了。我见方向不对，赔着笑脸问："你要把我拉哪儿去呀？"

司机冷冰冰地回答："出租汽车总站。我饿了，该吃午饭了。你在总站再要一辆车吧！"

我自认理亏，不多说什么。

在出租汽车总站，又等了一个多小时，才终于坐进了另一辆小汽车里。回来倒是一路飞快，算账时，可把我吓了一大跳——二十三元！

我不由得问了句："怎么二十三元啊？"

司机瞪了我一眼："加上火车站到出租汽车总站的那一段车费！"

"那一段路也要车费？！"

"笑话！你想白坐啊？"

一进家门，见父亲已在家中了。

我埋怨道："爸爸，你怎么不在火车站多等会儿啊？让我白接了你一趟！"

父亲说："等了一会儿，没见着你，我心想你不会来接了……"

"拍了电报，我能不去接吗？真是的！"

"我心想，大概你工作忙，脱不开身……"

我说："爸，先给我二十三元钱！"

刚见面，伸手要钱，父亲奇怪，疑惑地瞧着我。我只好解释："爸爸，我是租了一辆小汽车去接你的，司机在下边等着呢！我的钱包放在办公室了。"

仿佛为了证实我的话，司机按了几声喇叭。

父亲当时那种表情，就好像听说我是租了艘宇宙飞船去接他似的。他缓缓解开衣扣，拆开缝在衣里儿的一块布，用手指捻出三张十元的纸钞，默默递给了我。

我从父亲的目光中看出他心里想说的一句话："你摆的什么谱啊！"

"爸爸，这钱我会还你的……"我接过钱，匆匆奔下楼去。

当我回到屋里，见父亲脸色变得很阴沉，也不瞧我，低头吸烟。

我省悟到，我刚才说了一句十分愚蠢的话……

父亲，不再是从前那个身强力壮的父亲了，也不再是那个退休之年仍目光炯炯、精神矍铄的父亲了。父亲老了，他完完全全地老了。生活将他彻底变成了一个老头子。他那很黑的硬发已经快脱落光了，没脱落的也白了。胡子却长得挺够等级，银灰间黄，所谓"老黄忠式"，飘飘逸逸的，留过第二颗衣扣。只有这一大把胡子，还给他增添些许老人的威仪。而他那一脸饱经风霜的皱纹，凝聚着某种不遂的夙愿的残影……

生活，到底是很厉害的。

我家住在一幢筒子楼内，只一间，十三平方米，在走廊做饭，和电影《邻居》里的情形差不了多少。走廊脏、黑，苍蝇多，老鼠肆无忌惮，特肥大。

父亲到来的第一天，打量着我们家在走廊占据的"领地"，不无感触地说："老二，你有福气啊！你才参加工作几年呀，就分到了房子！走廊这么宽，还能当厨房……你……比我强……"

这话从父亲口中说出，以那么一种淡泊的、自卑的语调说出，使我心中有些凄凉之感。

父亲当了一辈子建筑工人，盖了一辈子楼房，却羡慕我这筒子楼里的十三平方米……他是被尊称为主人翁的人啊……

编辑部暂借给我一间办公室。每天晚上，我和父亲住在办公室，妻子和孩子住在家中。我虽没有让父亲生平第一次坐上小汽车，却让父亲沾了我的光，生平第一次住上了楼房。

父亲每天替我们接孩子，送孩子，拖地板，打开水，买菜，做饭，乃至洗衣服，拆被子，换煤气。一切的家务，父亲都尽量承担了。

我不希望父亲，我的老父亲沦为我的老勤杂员。我对父亲说："爸爸，你别样样事都抢着做。你来后，我们都变懒了！"

父亲阴郁地回答："我多做点，倒累不着。只要能在你们这儿长住下去，我就很知足了……你妹妹结婚后，家中实在住不开了，我万不得已，才来搅扰你们……"

父亲的性格也变了，变成一个通情达理的，事事处处，家里家外都很善于忍让的毫无脾气的老头子了。

除了家务，父亲还经常打扫公共楼道、楼梯、厕所、水池。他不久便获得了全楼人的称赞和敬意。父亲初来乍到时，人们每每这么问我："那个大胡子老头就是你父亲吗？"以后我听到的问话往往是："你就是那个大胡子老头的儿子呀？"在我意识中，父亲是依附于我的人格而存在的。但在不少人心目中，我则开始依附于父亲的人格而存在了。一些从不到我家中走动，大有"老死不相往来"趋势的工人，也开始出现在我家了，使我同一种更普遍的生活贴近了。

我惊奇地发现，不是家属洗澡的日子，父亲也可以公然到厂内浴室洗澡；没票，父亲也可以从容不迫地进入厂内礼堂看电影；忘带食堂饭菜票，父亲也可以从食堂里先端回饭菜来。而人们还都对他很客气，很友好。这些"优待"，是连我也没受到过的。父亲终于以他所能采取的方式，获得了和我并存的独立人格。我不再阻止他打扫公共卫生。我理解，人们注意到他，承认他的独立存在，如今对他来说是何等需要，何等重要！这是一个没机会受过文化教育的、丧失了健壮和力气的、自尊心极强的老父亲，在一个受过大学文化教育的、有了一丁点小名气的儿子面前保持心理平衡的唯一砝码。我告诫自己，我要替父亲珍视它，像珍视宝贵的东西一样。

父亲身上最大的变化，是对知识分子表现出了由衷的崇敬。以前，他将各类知识分子统称为"耍笔杆子"的。靠"耍笔杆子"而不是靠力气吃"轻巧饭"的人，那是他所瞧不起的。每天接踵而来找我的，十有八九是地地道道"耍笔杆子"的。我将他们介绍给父亲时，父亲总是臂微垂，腰微弯，很不自然地做他所不习惯的鞠礼状，脸上呈现出似乎不敢舒展的恭而敬之的笑容。随后，便替我给客人沏茶、点烟。当我和客人侃侃而谈时，父亲总是静默地坐在角落，一会儿注意地瞧着我，一会儿注意地瞧着客人，侧耳聆听。倘我和客人谈到该吃饭时，父亲便会起身离去悄然做饭。倘我这个主人有时竟忘了吃饭这件事，父亲便会走进屋，低声问我："饭做好了，你们现在要吃吗？还是再过一会儿？"饭后，照例抢着刷洗碗筷。

一次，送走客人后，我对父亲说："爸爸，你不必对客人过分恭敬，过分周到，他们大多数是我的同事、朋友，用不着太客气。"

"我……过分了吗？……"父亲讷讷地问，仿佛我的话对他是种指责……

几天后，我收到了友人的一封信。信中写道："昨天我到你家找你，你不在，我和你的老父亲交谈了两个多小时。他真是一位好父亲、好老人。但我感到，他太寂寞了。他对我说，连和你交谈几句话的机会都没有。你真那么忙吗？……"

这封信使我无比惭愧、无比自责。是的，父亲来后，我几乎没同父亲交谈过。即使一次不太长久的，半小时以上的，父与子之间的随随便便的交谈也没有过。父亲简直就像我雇的一个老仆役，勤勤恳恳，一声不吭，任劳任怨地为我做着一切一切的家务。

而我每天不是在写、写、写，就是在和来客无休止地谈、谈、谈……

第二天晚饭后，我没到办公室去抄那篇亟待发出的稿子，见妻抱着孩子到邻居家玩去了，我便坐到了父亲面前。

我低声说："爸爸，跟我聊几句家常话吧！"

父亲定定地看了我片刻，用一种单刀直入的语调问："老二，你为什么不争取入党啊？"

我怔住了。我预先猜想三天三夜，也料不到父亲会向我提出这样的问题。难道这就是父亲最想同我交谈的话题吗？

我低头沉默了一会儿，抬起头又说："爸爸，聊几句家常吧！"

"你们兄妹五个，你哥呢，就不提他了……比起来，顶数你有了点出息，可你究竟为什么不争取入党啊？听你们同事讲，你说过要入也不现在入共产党的话？你是说过这话的吗？"父亲的目光仍定定地看着我，揪住这个话题不放。

我默默地点了点头。是的，我说过。而且是在某个会议上当众说的。我并不想欺骗父亲。我对党的信仰是萌发于一种朴素的感恩思想的。这种感恩思想，毕竟不是建立在切身体会的基础之上，而是间接灌输的成果。是不稳固的，是易于坍塌的，也是肤浅的，不足以长久维系下去的。动摇过的事物，要恢复其原先的稳固性，需要比原先更稳固的基础。信仰不像小孩子玩积木，扰乱一百次，还可以重搭一百次。信仰的恢复需要比原先更深刻的思想和认识。这比给表上弦的时间长得多。

父亲的话，使我的自尊心受到了挫伤。我故意用冷漠的语调反问："爸爸，你为什么对我入不入党这么在乎呢？你希望我能入党，当官、掌权，而后以权谋私吗？"

父亲听出来了，我的话对他的愿望显然是嘲讽。父亲缓缓站起，一只手撑着椅背，像注视一个冒充他儿子的人似的，眯起眼睛，眈眈地瞪着我。他突然推开椅子，转身朝外就走。椅子倒在地上，发出很响的声音。

父亲在门口站住，回过头，瞪着我，大声说："我这辈子经历过两个社会，见识了两个党，比起来，我还是认为新社会好，共产党伟大！不信服共产党，难道你去信服国民党？！把我烧成灰我也不！眼下正是共产党振兴国家，需要老百姓维护的时候，现在要求入党，是替共产党分担振兴国家的责任……你再对我说什么做官不做官的话，我就揍你！……"说罢，一步跨出了房间。

在那一时刻，站在我面前的，又是从前那威严而易怒的父亲了。

我怀着复杂的心情离开家，来到了办公室。

我坐在办公桌前，双手捧着脸腮，陷入了静静的思考。

我理解父亲对共产党的感情。他六岁给地主放牛，十二岁闯关东，亲眼看到过国民党怎样残害老百姓。他被日本人抓过劳工。要不是押劳工的火车被抗联伏击，很难想象他今天还活着，也不知这个世界上还会不会有我这位"青年作家"……

但写一份入党申请书，这比创作一篇小说更为严肃。而且，在我心灵中，还有许多肮脏的没勇气告人的欲念，还时时受到个人名利的诱惑，还潜藏着对享乐的向往，还包裹着对虚荣的贪婪，还……

"全心全意为人民服务"，这句话是庄严地写在中国共产党的党章上的。我不能够怀着一颗极不干净的心在一张雪白的纸上写下：我要求加入……

人可以欺骗别人，但无法欺骗自己。我在心中说："爸爸，原谅我！我不，现在还不……"办公室的门突然被推开了。

父亲来了。他连看也不看我，径直走到他睡的那张临时支起的钢丝床前，重重地坐了下去。钢丝床发出一阵吱吱嘎嘎的声响。

我转过身去瞧着父亲。他又猛地站了起来，用手指着我，愤愤地大声说："你可以瞧不起我，你的父亲！但我不允许你瞧不起共产党！如果你已经不信服这个党了，那么你从此以后也别叫我父亲！这个党是我的救星！如果我现在还身强力壮，我愿意为这个党卖力一直到死！你以为你小子受了点苦就有资格对共产党不满啦？你受的那点苦跟我在旧社会受的苦一比算个屁！"

我想对父亲解释几句什么，却一句适当的话也寻找不到。我一言不发地望着父亲，心想：爸爸，你说得不对，不对，我并不像你认为的那样啊！……

我觉得委屈极了，直想哭。

……

父亲教训了我这一次之后，接连几天不理我，不跟我说一句话。一天傍晚，有一个外地的陌生姑娘来到我家。她自称是一位文学青年，读过我的几篇作品，希望能同我谈谈。

我带她来到了办公室。

她很漂亮。身材很好，又高，又窈窕。一张白净的鹅蛋形的脸，容貌端庄娴雅。眼睛挺大，闪耀着充满想象的光彩。剪得整齐的乌黑的短发，衬托着她那张动人的脸，像荷叶衬托着荷花。她穿一件五彩缤纷的花外衣，只有三颗扣子，好像是骨质的，月牙形，非常别致。半敞的衣襟露出里面深红色的毛衣，裤脚带有古铜色镶边的牛仔裤，奶黄色的坡底高跟鞋。她端坐在沙发上，修长的双臂微向前探，双手习惯地揽住两膝。她从头到脚焕发着浪漫气质，举止文静而有教养。

我沏了一杯茶端给她。

她接过去，看了一眼，欠身轻轻放在桌上，说："我不喝绿茶。我从小就是喝花茶的。"

我说："请便。"将椅子搬到她斜对面，瞧着她问，"你想和我谈些什么呢？"

她妩媚地一笑："当然是谈文学啦……不过，也希望不仅仅限于文学。"

我说："那么就请谈吧！不过，我也许会令你失望，我不是个理想的交谈者。"

儿子有些发高烧。走出家门时，妻正在给儿子灌药。而父亲在给我洗衣服。我尽量排除思路上的干扰，集中精力。我想她一定会首先向我提出什么问题。但她没有，她用悦耳的音调向我讲述起她自己来。

她说她离开家已经一个多月了。从南到北，旅游了不少大城市，拜访了许多颇有名气的青年作家。接着，便依次向我说出他们的名字。有人是我认识的，有人是我没见过面的。还说她崇拜某某及其作品，难以忍受某某及其作品，欣赏某某的作品但不喜欢作者本人。她很坦率。

我愿意同坦率的人交谈。

我问："你此行是出差吗？"

"噢不，"她摇摇头，又是那么博人好感地一笑，"就是为了玩，散散心。"

"你的单位竟会给你这么长一段假？"

"我现在不受任何单位管束，自由公民！"

"你是个待业青年？"

"我想有工作时便可以有份工作，腻烦了就当自由公民。"

我迷惑不解地望着她。

她揽住两膝的双手放开了，身体舒展地靠在沙发上，目光迅速地在我的办公室内环视一番，说："你的办公室可以容得下五对人跳舞。"

我说："我不会跳舞。大概是可以的。"

这回轮到她迷惑不解了，怀疑地盯着我，要看出我说的是不是真话。

我惭愧地笑笑。

她的目光移开了，落在写字台上，又问："自由市场上买的吧？"

我点点头："是的。"

"样式太老。"

"不，是太俗气。但便宜。"

她的目光又盯在了我脸上，那模样仿佛我对她承认了我是一个下流坏子似的。

我说："请接着谈下去吧，你刚才谈到自己的话还使我有些不明白。"

"是吗？"怀疑的神态，怀疑的口吻。接着，她轻轻叹了口气，平平淡淡地说："报考过电影学院、音乐学院，都没考上。在外贸局工作了三个月，在旅游局工作了半年，这两个单位没能更长久地吸引住我。在省图书馆混了一年，因为那儿有书，才拴住我一年。看书也看腻烦了，于是就辞职了……回去以后，也许会到省电视台，看我那时心情好不好，乐不乐意去……"

我终于明白，她是来自另一个天地的。

"你出来这么长时间，父母放心吗？"

"他们也没什么不放心的。每座城市都有父亲当年的老战友。或者住他们家中，或者住宾馆……"

我觉得没有必要再问什么了，期待着她说。

她沉默了一会儿才又开口："你一定无法理解我……小时候，我和姐姐，觉得世上任何好吃的东西都吃过了，我们就将糖和盐拌在一起，再浇点辣椒油……现在，我的心境就跟小时候似的，我觉得我丢了。我觉得我对什么都腻烦了，对生活失去了热情，就好像我小时候对食物失去了味觉一样……"

我依旧望着她那张漂亮的脸，心中对她产生了一种同情，类似对一只将要溺死在蜜中的小昆虫的同情。

她见我在很认真地听，继续说下去："本想离开家散散心，但结果心境反而越来越不好。每座城市都到处是人、人、人，愚昧的，没文化的，浑浑噩噩的人，许许多多的人，每天都在谈论房子问题，待业问题……"

我平静地问："你无法忍受这样一些人吗？"

"难道你能够忍受这样一些人吗？"她坐端了身子，目光又盯在我脸上，现出一种对我的麻木不仁开始感到失望的表情。

我没有立即回答她。

我又想起了我躲在木棱堆间痛哭过一场的那个雨夜，也想起了我和父亲为了妹妹早日分配工作给街道主任拉煤的那个雨夜。小雨，大雨，都是下雨的夜……

为什么保留在我记忆中的都是雨夜呢？

我毕竟从我生活中的两个雨夜度过来了。我毕竟扯着父亲的破衣襟，扯着一个没有受过文化教育的，头脑中有着狭隘的农民意识的父亲的破衣襟，一步步从生活中走过来了，一岁岁长大了……

"古老的国家，古老的民族，生活在这么一种氛围中，每个人都将要窒息而死！……"那姑娘的悦耳的声音，使我的注意力不能从她身上过久地分散。

我要求说："我们谈谈文学吧！"

"文学？……"她嘴角浮现一丝嘲讽，大声说，"中国目前不可能有文学！中国的实际问题，就在于人口众多。如果减少三分之二，一切都会变个样子！"

我冷冷地回答她："好主意！减少的当然应该是那些愚昧的、没文化的、浑浑噩噩的，每天都在谈论房子问题和待业问题的人啰？"

我情绪的变化并没引起她的注意。她皱起眉头，用一种忧国忧民的语调说：

"就在今天，就在你们北影厂门口，我看到一个白胡子老头，抱着一个傻乎乎的孩子，在围观一辆外国小汽车，我心里真是悲哀极了！我要写一篇心理小说，将我内心这种悲哀表述出来！这就是我们的人民，作为一个中国人我真感到羞耻！……"她那样子悲哀得快要哭了。或者说，她是企图要将我感动哭了。然而我并没有受到丝毫感动。我已不再像从前那么易于动感情了。我在想，她那颗心一定很渺小，因此也只能产生这么一点渺小的悲哀。我已经不再同情她。

我告诉她，那白胡子老头，肯定就是我的父亲。而抱在他怀中那傻乎乎的孩子，是我的儿子。

"是你……父亲？……"她的脸微微红了，显出动人的窘态，讷讷地说，"请原谅！我……还以为你是……"

"这不值得请求原谅！因而我也不想对你表示原谅！我并不想否认，我的父亲没有文化，他在扫盲时所认识的字，绝不会比你这件花外衣上的花朵多！他还很愚昧，由于他的愚昧，由于他农民意识的狭隘，给我们的家庭造成重大的不幸！因为他不相信医生的话而相信算命先生的话我的姐姐夭折了！我的哥哥，因为他鄙薄文化而崇尚力气，疯了！我原谅了他，但不能忘记这些。我要比你更加憎恨愚昧！我要比你更加明白文化对于一个国家一个民族意味着什么！我诅咒造成愚昧和没有文化的落后状况的一切因素！……"我从椅子上站了起来。我的声音很大。我内心很激动。我仿佛不是在对我面前的这一位姑娘说话，而是在对众多的各种各样的人说话。

我还想对她说，她可以对我们的人民没有感情，她也尽可以像她读过的小说中那些西方的贵妇人一样，对他们的愚昧和没有文化表示出一点高贵的怜悯，这无疑会使像她这样的姑娘更增添女人的魅力。但她没有权力瞧不起他们！没有权力轻蔑他们！因为正是他们，这些历史进程中享受不到文化教育而在创造着文明的千千万万劳苦大众，如同水层岩一样，一层一层地积压着，凝固着，坚实地奠定了我们的九百六十万平方公里土地！而我们中华民族正在振兴的一切事业，还在靠他们的力气和汗水实现着！愚昧和没有文化不是他们的罪过，是历史的罪过！是我们每个对振兴我们的国家我们的民族缺乏热情，缺乏责任感的人的惭愧！

我还想对她说，至于她自己，不过是我们九百六十万平方公里土地上一小片水分充足的沃壤之中的一朵小花而已。美丽、娇弱，但没有芬芳。因为她不是树木，所以她那短细的根须是触及不到水层岩层的。她所蔑视的正是她所赖以存在的。她漠视甚至嘲讽他们的最现实的烦恼，但她那种没有什么值得忧郁的事才产生的忧郁，那种一颗空泛的心灵内的微妙而典雅的悲哀，与他们可能经历过的悲哀相比，其实是不值论道的。

我还想对她说……

我什么也不想对她说了。

我又想到了发烧的儿子。我认为我应该回到儿子身边去了。

"非常抱歉，我不能再陪你交谈下去了！"我走到办公室门前，推开了门——门外，站着我的父亲，呆呆地，一动不动地像根木桩似的。一手拎着水壶，一手拿着一瓶墨水。

他是来给我们送开水的。

他分明是听到了我方才大声说的某些话。

那姑娘走下楼梯时，还回头来看了我一眼，我这样对待她，肯定是她绝没想到的。

父亲一声不响，放下水壶，默默地走向他睡的那张钢丝床。

一直到熄灯，我和父亲彼此没说一句话。我静静地躺着，无法入睡。我知道父亲也是静静地躺着，没睡。

我真想翻身下床，走到父亲身边，跪下去，将头伏在父亲胸上，对他说："爸爸，原谅我那番话又无意中伤害了你，原谅我，爸爸……"

隔了一天，我从朋友家很晚才回来，一进家门，妻便告诉我，父亲走了。

"走了？上哪儿去了？"

"回哈尔滨了！"

"你……你为什么不拦他？！"

"我拦不住。"

病刚好的儿子大声哭叫："爷爷，我要爷爷！我要找爷爷嘛！……"

我问："父亲临走前说了什么没有？"

妻回答："什么也没说。"

我一转身就从家中冲了出去。

我赶到火车站，匆匆买了一张站台票。

我跑到站台上时，开往哈尔滨的列车刚刚开动。我跟着列车奔跑，想大喊"爸爸……"却没喊出来。

列车开出了站台。

送行者们纷纷离去了。只有我一个人还孤零零地伫立在站台上。望着远处的铁路信号灯，我心中默默地说："爸爸，爸爸，我爱你！我永远不忘我是你的儿子，永远不耻于是你的儿子！爸爸，爸爸，我一定要把你再接到北京来！……"

远处的铁路信号灯，由红变绿了……

父亲的演员生涯

父亲去世已经一个月了。

我仍为我的父亲戴着黑纱。

有几次出门前，我将黑纱摘了下来，但倏忽间，内心涌起一种怅然若失的情感。戚戚地，我便又戴上了。我不可能永不摘下。我想，这是一种纯粹的个人情感。尽管这一种个人情感在我有不可弹言的虔意。我必得从伤绪之中解脱，也是无须别人劝慰我自己就会明白的。然而怀念是一种相会的形式。我们人人的情感都曾一度依赖于它……

这一个月里，又有电影或电视剧制片人员，到我家来请父亲去当群众演员。他们走后，我就独自静坐，回想起父亲当群众演员的一些微事……

一九八四年至一九八六年，父亲栖居北京的两年，曾在五六部电影和电视剧中当过群众演员。在北影院内，甚至范围缩小到我当年居住的十九号楼内，这乃是司空见惯的事。

父亲被选去当群众演员，毫无疑问最初是由于他那十分惹人注目的胡子。父亲的胡子留得很长，长及上衣第二颗纽扣。总体银白，须梢金黄。谁见了都对我说：梁晓声，你老父亲的一把大胡子真帅！

　　父亲生前极爱惜他的胡子。兜里常揣着一柄木质小梳。闲来无事，就梳理。

　　记得有一次，我的儿子梁爽，天真地发问："爷爷，你睡觉的时候，胡子是在被窝里，还是在被窝外呀？"

　　父亲一时答不上来。

　　那天晚上，父亲竟至于因为他的胡子而几乎彻夜失眠，竟至于捅醒我的母亲，问自己一向睡觉的时候，胡子究竟是在被窝里还是在被窝外。无论他将胡子放在被窝里还是放在被窝外，总觉得不那么对劲……

　　父亲第一次当群众演员，在《泥人常传奇》剧组。导演是李文化。副导演先找了父亲。父亲说得征求我的意见。父亲大概将当群众演员这回事看得太重，以为便等于投身了艺术。所以希望我替他做主，判断他到底能不能胜任。父亲从来不做自己胜任不了之事。他一生不喜欢那种滥竽充数的人。

　　我替父亲拒绝了。那时群众演员的酬金才两元。我之所以拒绝不是因为酬金低，而是因为我不愿我的老父亲在摄影机前被人呼来唤去的。

　　李文化亲自来找我——说他这部影片的群众演员中，少了一位长胡子老头儿。

"放心，我吩咐对老人家要格外尊重，要像尊重老演员一样还不行吗？"——他这么保证。

无奈我只好违心同意。

从此，父亲便开始了他的"演员生涯"——更准确地说，是"群众演员"生涯——在他七十四岁的时候……

父亲演的尽是迎着镜头走过来或背着镜头走过去的"角色"。说那也算"角色"，是太夸大其词了。不同的服装，使我的老父亲在镜头前成为老绅士、老乞丐，摆烟摊的或挑菜行卖的……

不久，便常有人对我说："哎呀晓声，你父亲真好。演戏认真极了！"

父亲做什么事都认真极了。

但那也算"演戏"吗？

我每每一笑了之。然而听到别人夸奖自己的父亲，内心里总是高兴的。

一次，我从办公室回家，经过北影一条街——就是那条旧北京假影街，见父亲端端地坐在台阶上。而导演们在摄影机前指手画脚地议论什么，不像再有群众场面要拍的样子。

时已中午，我走到父亲跟前，说："爸爸，你还坐在这儿干什么呀？回家吃饭！"

父亲说："不行。我不能离开。"

我问："为什么？"

父亲回答："我们导演说了——别的群众演员没事儿了，可以打发走了。但这位老人不能走，我还用得着他！"

父亲的语调中，很有一种自豪感。

父亲坐得很特别。那是一种正襟危坐。他身上的演员服，是一件褐色绸质长袍。他将长袍的后摆，掀起来搭在背上。而将长袍的前摆，卷起来放在膝上。他不倚墙，也不靠什么。就那样子端端地坐着，也不知已经坐了多久。分明，他唯恐使那长袍沾了灰土或弄褶皱了……

父亲不肯离开，我只好去问导演。导演却已经把我的老父亲忘在脑后了，一个劲儿地向我道歉……

中国之电影、电视剧，群众演员的问题，对任何一位导演，都是很沮丧的事。往往需要十个群众演员，预先得组织十五六个，等真开拍了，能剩下一半就算不错。有些群众演员，钱一到手，人也便脚底板抹油，溜了。群众演员在这一点上，倒可谓相当出色地演着我们现实中的些个"群众"、些个中国人。

难得有父亲这样的群众演员。

我细思忖，都愿请我的老父亲当群众演员，当然并不完全因为他的胡子……

那两年内，父亲睡在我的办公室。有时我因写作到深夜，常和父亲一块儿睡在办公室。

有一天夜里，下起了大雨。我被雷声惊醒，翻了个身，黑暗中，恍恍地，发现父亲披着衣服坐在折叠床上吸烟。

我好生奇怪，不安地询问："爸，你怎么了？为什么夜里不睡吸烟？爸，你是不是有什么心事啊？"

黑暗之中，但闻父亲叹了口气。许久，才听他说："唉，我为我们导演发愁哇！他就怕这几天下雨……"

父亲不论在哪一个剧组当群众演员，都一概地称导演为"我们导演"。从这种称谓中我听得出来，他是把他自己——一个迎着镜头走过来或背着镜头走过去的群众演员，与一位导演之间联得太紧密了。或者反过来说，他是把一位导演，与一个迎着镜头走过来或背着镜头走过去的群众演员联得太紧密了。

而我认为这是很荒唐的。

而我认为这实实在在是很犯不上的。

我嘟囔着说："爸，你替他操这份心干吗？下雨不下雨的，与你有什么关系？睡吧睡吧！"

"有你这么说话的吗？"父亲教训我道，"全厂两千来人，等着这一部电影早拍完，才好发工资，发奖金！你不明白？你一点不关心？！"

我佯装没听到，不吭声。

父亲刚来时，对于北影的事，常以"你们厂"如何如何而发议论，而发感慨。不知从什么时候开始，他不说"你们厂"了，只说"厂里"了。倒好像，他就是北影的一员。甚至倒好像，他就是北影的厂长……

天亮后，我起来，见父亲站在窗前发怔。

我也不说什么。怕一说，使他觉得听了逆耳，惹他不高兴。

后来父亲东找西找的。我问找什么。他说找雨具。他说要亲自到拍摄现场去，看看今天究竟是能拍还是不能拍。

他自言自语："雨小多了嘛！万一能拍哪？万一能拍，我们导演找不到我，我们导演岂不是要发急吗？……"

听他那口气，仿佛他是主角。

我说："爸，我替你打个电话，向你们剧组问问不就行了吗？"

父亲不语，算是默许了。

于是我就到走廊去打电话。其实是给我自己打电话。

回到办公室，我对父亲说："电话打过了。你们组里今天不拍戏。"——我明知今天准拍不成。

父亲火了，冲我吼："你怎么骗我？！你明明不是给我剧组打电话！我听得清清楚楚。你当我耳聋吗？！"

父亲他怒冲冲地就走出去了。

我站在办公室窗口，见父亲在雨中大步疾行，不免羞愧。

对于这样一位太认真的老父亲，我一筹莫展……

父亲还在朝鲜人民共和国选景于中国的一个什么影片中担当过群众演员。当父亲穿上一身朝鲜民族服装后，别提多么像一位朝鲜族老人了。那位朝鲜导演也一直把他视为一位朝鲜族老人。后来得知他不是，表示了很大的惊讶。也对父亲表示了很大的谢意。并单独同父亲合影留念。

那一天父亲特别高兴，对我说："我们中国的古人，主张干什么事都认真。要当群众演员，咱们就认认真真地当群众演员。咱们这样的中国人，外国人能不看重你吗？"

记得那是一个星期六的晚上。我和妻子以及老父母一块儿包饺子。父亲擀皮儿。

忽然父亲长叹一声，喃喃地说："唉，人啊，活着活着，就老了……"

一句话，使我、妻、母亲面面相觑。

母亲说："人谁没老的时候？老了就老了呗！"

父亲说："你不懂。"

妻煮饺子时，小声对我说："爸今天是怎么了？你问问他。一句话说得全家怪纳闷怪伤感的……"

吃过晚饭，我和父亲一同去办公室休息。睡前，我试探地问："爸，你今天又不高兴了吗？"

父亲说："高兴啊。有什么不高兴的！"

我说："那你包饺子的时候叹气，还自言自语老了老了的？"

父亲笑了，说："昨天，我们导演指示——给这老爷子一句台词！连台词都让我说了，那不真算是演员了吗？我那么说你听着可以吗？……"

我恍然大悟——原来父亲是在背台词。

我就说："爸，我的话，也许你又不爱听。其实你愿怎说都行！反正到时候，不会让你自己配音，得找个人替你再说一遍这句话……"

父亲果然又不高兴了。

父亲又以教训的口吻说："要是都像你这种态度，那电影能拍好吗？老百姓当然不愿意看！一句台词，光是说说的事吗？脸上的模样要是不对劲，不就成了嘴里说阴，脸上作晴了吗？"

父亲的一番话，倒使我哑口无言。

惭愧的是，我连父亲不但在其中当群众演员，而且说过一句台词的这部电影，究竟是哪个厂拍的，片名是什么，至今一无所知。

我说得出片名的，仅仅三部电影——《泥人常传奇》《四世同堂》《白龙剑》。

前几天，电视里重播电影《白龙剑》，妻忽指着屏幕说："梁爽你看你爷爷！"

我正在看书，目光立刻从书上移开，投向屏幕——哪里有父亲的影子……

我急问："在哪儿在哪儿？"

妻说："走过去了。"

是啊，父亲所"演"，不过就是些迎着镜头走过来或背着镜头走过去的群众角色。走得时间最长的，也不过就十几秒钟。然而父亲的确是一位极认真、极投入的群众演员——与父亲"合作"过的导演们都这么说……

在我写这篇文字时，又有人打来电话——

"梁晓声？……"

"是我。"

"我们想请你父亲演个群众角色啊！……"

"这……我父亲已经去世了……"

"去世了？……对不起……"

对方的失望大大多于对方的歉意。

如今之中国人，认真做事认真做人的，实在不是太多了。如今之中国人，仿佛对一切事都没了责任感。连当着官的人，都不大肯愿意认真地当官了。

有些事，在我，也渐渐地开始不很认真了。似乎认真首先是对自己很吃亏的事。

父亲一生认真做人，认真做事。连当群众演员，也认真到可爱的程度。

这大概首先与他的意愿是分不开的。一个退了休的老建筑工人，忽然在摄影机前走来走去，肯定是他的一份儿愉悦。人对自己极反感之事，想要认真也是认真不起来的。这样解释，是完全解释得通的。但是我——他的儿子，如果仅仅得出这样的解释，则证明我对自己的父亲太缺乏了解了！

我想——"认真"二字，之所以成为父亲性格的主要特点，也许更因为他是一位建筑工人。几乎一辈子都是一位建筑工人，而且是一位优秀的获得过无数次奖状的建筑工人。

一种几乎终生的行业，必然铸成一个人明显的性格特点。建筑师们是不会将他们设计的蓝图给予建筑工人，也即那些砖瓦灰泥匠过目的。然而哪一座伟大的宏伟建筑，不是建筑工人们一砖一瓦盖起来的呢？正是那每一砖每一瓦，日复一日，月复一月，年复一年、十几年、几十年地，培养成了一种认认真真的责任感。一种对未来之大厦矗立的高度的可敬的责任感。他们虽然明知，他们所参与的，不过一砖一瓦之劳，却甘愿通过他们的一砖一瓦之劳，促成别人的冠环之功。

他们的认真乃因为这正是他们的愉悦！

愿我们的生活中，对他人之事的认真，并能从中油然引出自己之愉悦的品格，发扬光大起来吧！

父亲是一个普通得不能再普通的人。父亲曾是一个认真的群众演员。或者说，父亲是一个"本色"的群众演员。

以我的父亲为镜，我常不免地问我自己——在生活这大舞台上，我也是演员吗？我是一个什么样的演员呢？就表演艺术而言，我崇敬性格演员。就现实中人而言，恰恰相反，我崇敬每个"本色"人，而十分警惕"性格演员"……

父亲的遗物

我站在椅上打开吊柜寻找东西，蓦地看见角落里那一个手拎包。它是黑色的，革的，很旧，拉锁已经拉不严了，有的地方已经破了。虽然在吊柜里，竟也还是落了一层灰尘。

我呆呆地站在椅上看着它，像一条走失了多日又终于嗅着熟悉的气味儿回到了家里的小狗看着主人……

那是父亲生前用的手拎包啊！

父亲病故十余年了，手拎包在吊柜的那一个角落也放了十余年了。有时我会想到它在那儿，如同一个读书人有时会想到对自己影响特别大的某一部书在书架的第几排。更多的日子里更多的时候，我会忘记它在那儿，忘记自己曾经是儿子的种种体会……

十余年中，我不止一次地打开过吊柜，也不止一次地看见过父亲的手拎包，但是从没把它取下过。事实上我怕被它引起思父的感伤。从少年时期至青年时期乃至现在，我几乎一向处在多愁善感的心态中。我觉得我这个人被那一种心态实在缠绕得太久了。我怕陷入不可名状的亲情的回忆。我承认我每每有逃避的企图……

然而这一次我的手却不禁地向父亲的遗物伸了过去。近年来我内心里常涌起一种越来越强烈的倾诉愿望，但是我却不愿被任何人看出我其实也有此愿。这一种封闭在内心里的愿望，那一时刻使我对父亲的遗物倍觉亲切。尽管我知道那即使不是父亲的遗物而是父亲本人仍活着，我也断不会向父亲倾诉我人生的疲惫感。

我的手伸出又缩回，几经犹豫，最终还是把手拎包取了下来……

我并没打开它。

我认真仔细地把灰尘擦尽，转而腾出衣橱的一格，将它放了进去。我那么做时心里很内疚。因为那手拎包作为父亲的遗物，早就该放在一处更适当的地方。而十余年中，它却一直被放在吊柜的一角。那绝不是该放一位父亲的遗物的地方。一个对自己父亲感情很深的儿子，也是不该让自己父亲的遗物落满了灰尘的啊！

我不必打开它，也知里面装的什么，一把刮胡刀。在我很小的时候，就见过父亲用那一把刮胡刀刮胡子。父亲的络腮胡子很重，刮时发出刺啦刺啦的响声。父亲死前，刮胡刀的刀刃已被用窄了，大约只有原先的一半那么宽了。因为父亲的胡子硬，每用一次，必磨一次。父亲的胡子又长得快，一个月刮五六次，磨五六次，四十几年的岁月里，刀刃自然耗损明显。如今，连一些理发店里，也用起安全刀片来了。父亲那一把刮胡刀，接近于文物了……手拎包里还有一个小小的牛皮套，其内是父亲的印章。父亲一辈子只刻过那么一枚印章。木质的，比我用的钢笔的笔身粗不到哪儿去。父亲一生离不开那印章。是当工人时每月领工资要用的，退休后每三个月寄来一次退休金，每月六十余元，一年仅用数次……

一对玉石健身球，是我花五十元为父亲买的。父亲听我说是玉石的，虽然我强调我只花了五十元，但父亲还是觉得那一对健身球特别宝贵似的。他只偶尔转在手里，之后立刻归放盒中。其中一只被他孙子小时候非要拿去玩，结果掉在阳台的水泥地上摔裂了一条纹……父亲当时心疼得直跺脚，连说："哎呀，哎呀，你呀，你呀！真败家，这是玉石的你知道不知道哇！……"

再有，就是父亲身份证的影印件了。原件在办理死亡证明时被收缴注销了。我预先影印了，留作纪念。手拎包的里面，还有一层。那道拉锁是好的。影印件就在夹层里。

除了以上东西，父亲这一位中国第一代建筑工人，再就没留下什么遗物了。仅有的这几件遗物中，健身球还是他的儿子给他买的。

手拎包的拉锁，父亲生前曾打算换新的，但那要花三元多钱。

花钱方面仔细了一辈子的父亲舍不得花三元多钱。父亲曾试图自己换，结果发现皮革已有些糟了，"咬"不住线了，自己没换成。我给过父亲一个开什么会发的真皮的手拎包。父亲却将那真皮的手拎包收起来了，舍不得用。他生前竟没往那真皮的手拎包里装过任何东西……

他那只旧拎包夹层的拉锁既然仍是好的，父亲就格外在意地保养它，方法是经常为它打蜡。父亲还往拉锁上安了一个纽扣那么大的小锁。因为那夹层里放过对父亲来说极重要的东西——有六千元整的存折。那是父亲一生的积蓄。他常说是为他的孙子我的儿子积攒的……

父亲逝前一个月，我为父亲买了六七盒"蛋白注射液"，用了近三千元钱。我明知那绝不能治愈父亲的癌症，仅为我自己获得一点儿做儿子的心理安慰罢了。父亲那一天状态很好，特别温柔地望着我笑了。

可母亲走到了父亲的病床边，满脸忧愁地说："你有多少钱啊？买这种药能报销吗？你想把你那点儿稿费都花光呀？你们一家三口以后不过了呀？……"

当时，已为父亲花了一万多元，父亲的单位效益不好，还一分钱也没给报销。母亲是知道这一点的。在已无药可医的丈夫和她的儿子之间，尤其当母亲看出我这个儿子似乎要不惜一切代价地延缓父亲的生命时，她的一种很大的忧虑便开始转向我这一方面了……

当我捧着药给父亲看，告诉父亲那药对治好父亲的病疗效多么显著时，却听母亲从旁说出那种话，我的心情可想而知……

仰躺着已瘦得脱了相的父亲低声说："如果我得的是治不好的病，就听你妈的话，别浪费钱了……"

沉默片刻，又说："儿子，我不怕死。"

再听了父亲的话，我心凄然。

那药是我求人写了条子，骑自行车到很远的医院去买回来的呀！进门后脸上的汗还没来得及擦一下呀……

结果我在父亲的病床边向母亲大声嚷嚷了起来……

"妈妈，你再说这种话，最好回哈尔滨算了！……"

我甚至对母亲说出了如此伤她老人家心的冷言冷语……

母亲是那么忍辱负重。她默默地听我大声嚷嚷，一言不发。

而我却觉得自己的孝心被破坏了，还哭了……

母亲听我宣泄够了，离开了家，直至半夜十一点多才回家。如今想来，母亲也肯定是在外边的什么地方默默哭过的……

哦，上帝，上帝，我真该死啊！当时我为什么不能以感动的心情去理解老母亲的话呢？我伤母亲的心竟怎么那么近于冷酷呀？！

一个月后，父亲去世了；母亲回哈尔滨了……

心里总想着应向母亲认错，可直至母亲也去世了，认错的话竟没机会对母亲说过……

母亲留下的遗物就更少了。我选了一条围脖和一个半导体收音机。围脖当年的冬季我一直围着，企图借以重温母子亲情。半导体收音机是我为母亲买的，现在给哥哥带到北京的精神病院去了。他也不听。我想哪次我去看他，要带回来，保存着。

我写字的房间里，挂着父亲的遗像——一位面容慈祥的美须老人；书架上摆着父亲和我们兄弟四人、一个妹妹青少年时期的合影，都穿着棉衣。

我们一家竟没有一张"全家福"。

在哈尔滨市的四弟家里，有我们年龄更小时与母亲的合影。那是夏季的合影。那时母亲才四十来岁，看上去还挺年轻……

父亲在世时，常对我儿子说："你呀，你呀，几辈子人的福，全让你一个人享着了！"

现在上高三的儿子，却从不认为他幸福。面临高考竞争的心理压力，也使儿子过早地体会了人生的疲惫……

现在，我自己竟每每想到"死"这个字了。

我也不怕死。

只是觉得，还有些亲情责任未尽周全。

我是根本不相信另一个世界之存在的。

但有时也孩子气地想：倘果有冥间，那么岂不就省了投胎转世的麻烦，直接地又可以去做父母的儿子了吗？

那么我将再也不会伤父母的心了。

在我们这个阳世没尽到的孝，我就有机会在阴间弥补遗憾了。

阴间一定有些早夭的孩子，那么我愿在阴间做他们的老师。阴间一定没有升学竞争吧？那么孩子们和我双方的教与学一定是轻松快乐的。

我希望父亲做一名老校工。

我相信父亲一定会非常敬业。

我希望母亲为那阴间的学校养群鸡。母亲爱养鸡。我希望阴间的孩子们天天都有鸡蛋吃。

这想法其实并不使我悲观。恰恰相反，常使我感觉到某种乐观的呼唤。

故我又每每孩子气地在心里说：爸爸、妈妈，耐心等我……

玻璃匠和他的儿子

二十世纪八十年代以前，城市里每能见到一类游走匠人——他们背着一个简陋的木架走街串巷；架子上分格装着些尺寸不等，厚薄不同的玻璃。他们一边走一边招徕生意："镶——窗户！……镶——镜框！……镶——相框！……"

他们被叫作"玻璃匠"。

有时，人们甚至直接这么叫他们："哎，镶玻璃的！"

一旦被叫住，他们就有点儿钱可挣了。或一角，或几角。总之，除了成本，也就是一块玻璃的原价。他们一次所挣的钱，绝不会超过几角去。一次能挣五角钱的活，那就是"大活儿"了。他们一个月遇不上几次大活儿的。一年四季，他们风里来雨里去，冒酷暑，顶严寒，为的是一家人的生活。他们大抵是些出于这样或那样的原因而被拒在"国营"体制以外的人。按今天的说法，是些当年"自谋生路"的人。有"玻璃匠"的年代，城市百姓的日子都过得很拮据，也特别仔细。不论窗玻璃裂碎了，还是相框玻璃或镜子裂碎了，那大块儿的，是舍不得扔的，专等玻璃匠来了，给切割一番，拼对一番。要知道，那是连破了一只瓷盆都舍不得扔，专等铜匠来了给铜上的穷困年代啊！……

玻璃匠开始切割玻璃时，每每吸引不少好奇的孩子围观。孩子们的好奇心，主要是由"玻璃匠"那一把玻璃刀引起的。玻璃刀本身当然不是玻璃的。玻璃刀看上去都是样子差不到哪儿去的刃具，像临帖的毛笔。刀头一般长方而扁，其上固定着极小极小的一粒钻石。玻璃刀之所以能切割玻璃，完全靠那一粒钻石。没有了那一粒小之又小的钻石，一把玻璃刀便一钱不值了。玻璃匠也就只得改行，除非他再买一把玻璃刀。而从前一把玻璃刀一百几十元，相当于一辆新自行车的价格，对于靠镶玻璃养家糊口的人来说，再买一把谈何容易！并且，也极难买到。因为在从前，在中国，钻石本身太稀缺了。所以，从前中国的玻璃匠们，用的几乎全是从前的，从前也即一九四九年前的玻璃刀，大抵是外国货。一九四九年前的中国还造不出玻璃刀来。将一粒小之又小的钻石固定在铜或钢的刀头上，是一种特殊的工艺。可想而知，玻璃匠们是多么爱惜他们的玻璃刀！与侠客对自己兵器的爱惜程度相比，也是不算夸张的。每一位玻璃匠都一定为他们的玻璃刀做了套子，像从前的中学女生每每为自己心爱的钢笔织一个笔套。有的玻璃匠，甚至为他们的玻璃刀做了双层的套子。一层保护刀头，另一层连刀身都套进去，再用一条链子系在内衣兜里，像系着一块宝贵的怀表似的。当他们从套中抽出玻璃刀，好奇的孩子们就将一双双眼睛瞪大了。玻璃刀贴着尺在玻璃上轻轻一划，随之出现一道纹，再经玻璃匠的双手有把握地一掰，玻璃就沿纹齐整地分开了，在孩子们看来那是不可思议的……

我的一位中年朋友的父亲，便是从前年代的一名玻璃匠。他的父亲有一把德国造的玻璃刀。那把玻璃刀上的钻石，比许多玻璃刀上的钻石都大，约半个芝麻粒儿那么大。它对于他的父亲和他一家，意味着什么不必细说。

有次，我这一位朋友在我家里望着我父亲的遗像，聊起了自己曾是玻璃匠的父亲，聊起了他父亲那一把视如宝物的玻璃刀。我听他娓娓道来，心中感慨万千：

　　他说他父亲一向身体不好，脾气也不好。他十岁那一年，他母亲去世了，从此他父亲的脾气就更不好了。而他是长子，下边有一个弟弟一个妹妹。父亲一发脾气，他就首先成了出气筒。年纪小小的他，和父亲的关系越来越紧张，也越来越冷漠。他认为他的父亲一点儿也不关爱他和弟弟妹妹。他暗想，自己因而也有理由不爱父亲。他承认，少年时的他，心里竟有点儿恨自己的父亲……

　　有一年夏季，父亲回老家去办理祖父的丧事。父亲临走，指着一个小木匣严厉地说："谁也不许动那里边的东西！"——他知道父亲的话主要是说给他听的，同时猜到，父亲的玻璃刀放在那个小木匣里了。但他毕竟是个孩子啊！别的孩子感兴趣的东西，他也免不了会对之发生好奇心的呀！何况那东西是自己家里的，就放在一个没有锁的，普普通通的小木匣里！于是父亲走后的第二天他打开了那小木匣，父亲的玻璃刀果然在内。但他只不过将玻璃刀从双层的绒布的套子里抽出来欣赏一番，比画几下而已。他以为他的好奇心会就此满足。却没有。第三天他又将玻璃刀拿在手中，好奇心更大了。找到块碎玻璃试着在上边划了一下，一掰，碎玻璃分为两半，他觉得更好玩了。以后的几天里，他也成了一名小玻璃匠，用东捡西拾的碎玻璃，为同学们切割出了一些玻璃的直尺和三角尺，大受欢迎。然而最后一次，那把玻璃刀没能从玻璃上划出纹来，仔细一看，刀头上的钻石不见了！他这一惊非同小可，心里毛了，手也被玻璃割破了。他怎么也没想到，使用不得法，刀头上那粒小之又小的钻石，是会被弄掉的。他完全搞不清楚是什么时候掉的，可能掉在哪儿了。就算清楚，又哪里会找得到呢？就算找到了，凭他，又如何把钻石安到刀头上去呢？他对我说，那是他人生中所面临的第一次重大事件，甚至是唯一的一次重大事件。以后他所面临过的某些烦恼之事的性质，都不及当年那一件事严峻。他当时可以说是吓傻了……由于恐惧，那一天夜里，他想出了一个卑劣的方法——第二天他向同学借了一把小镊子。将一小块碎玻璃在石块上仔仔细细捣得粉碎，夹起半个芝麻粒儿那么小的一个玻璃碴儿，用胶水粘在玻璃刀的刀头上了。那一年是一九七二年，他十四岁……

三十余年后，在我家里，想到他的父亲时，他一边回忆一边对我说："当年，我并不觉得我的办法卑劣，甚至还觉得挺高明。我希望父亲发现玻璃刀上的钻石粒儿掉了时，以为是他自己使用不慎弄掉的。那么小的东西，一旦掉了，满地哪儿去找呢？即使找不到，哪怕怀疑是我搞坏的，也没有什么根据。只能是怀疑啊！……"

他的父亲回到家里后，吃饭时见他手上缠着布条，问他手指怎么了。他搪塞地回答，生火时不小心被烫了一下。父亲没再多问他什么。

翌日，父亲一早背着玻璃箱出门挣钱去，才一个多小时就回来了。脸上阴云密布。他和他的弟弟妹妹吓得大气儿都不敢出一口。然而父亲并没问玻璃刀的事，只不过仰躺在床上，闷声不响地接连吸烟……

下午，父亲将他和弟弟妹妹叫到跟前，依然阴沉着脸但语调平静地说："镶玻璃这种营生是越来越不好干了。哪儿哪儿都停产，连玻璃厂都不生产玻璃了。玻璃匠买不到玻璃，给别人家镶什么呢？我要把那玻璃箱连同剩下的几块玻璃都卖了。我以后不做玻璃匠了，我得另找一种活儿挣钱养活你们……"

他的父亲说完，真的背起玻璃箱出门卖去了……

以后，他的父亲就不再是一个靠手艺挣钱的男人了，而是一个靠力气挣钱养活自己儿女的男人了。他说，以后他的父亲做过临时搬运工，做过临时仓库看守员，还做过公共浴堂的临时搓澡人；居然还放弃一个中年男人的自尊，正正式式地拜师为徒，在公共浴堂里学过修脚……

而且，他父亲的暴脾气，不知为什么竟一天天变好了，不管在外边受了多大委屈和欺辱，再也没回到家里冲他和弟弟妹妹宣泄过。那当父亲的，对于自己的儿女们，也很懂得问饥问寒地关爱着了。这一点一直是他和弟弟妹妹心中的一个谜，虽然都不免奇怪，却并没有哪一个当面问过他们的父亲。

到了我的朋友三十四岁那一年也就是九十年代初，他的父亲因积劳成疾，才六十多岁就患了绝症。在医院里，在做过玻璃匠的父亲的生命之烛快燃尽的日子里，我的朋友对他的父亲孝敬倍增。那时。他们父子的关系已变得非常深厚了。一天，趁父亲精神还可以，儿子终于向父亲承认，二十几年前，父亲那一把宝贵的玻璃刀是自己弄坏的，也坦白了自己当时那一种卑劣的想法……

不料他父亲说:"当年我就断定是你小子弄坏的!"

儿子惊讶了:"为什么父亲?难道你从地上找到了……那么小那么小的东西啊,怎么可能呢?"

他的老父亲微微一笑,语调幽默地说:"你以为你那种法子高明啊?你以为你爸就那么容易受骗呀?你又哪里会知道,我每次给人家割玻璃时,总是习惯用大拇指抹抹刀头。那天,我一抹,你粘在刀头上的玻璃碴子,扎进我大拇指肚里去了。我只得把揣进自己兜里的五角钱又掏出来退给人家了。我当时那种难堪的样子就别提了,好些个大人孩子围着我看呢!儿子你就不想想,你那么做,不是等于要成心当众出你爸爸的洋相吗?……"

儿子愣了愣,低声又问:"那你,当年怎么没暴打我一顿?"

他那老父亲注视着他,目光一时变得极为温柔,语调缓慢地说:"当年,我是那么想来着。恨不得几步就走回家里,见着你,掀翻就打。可走着走着,似乎有谁在我耳边对我说,你这个当爸的男人啊,你怪谁呢?你的儿子弄坏了你的东西不敢对你说,还不是因为你平日对他太凶吗?你如果平日使他感到你对于他是最可亲爱的一个人,他至于那么做吗?一个十四岁的孩子,那么做是容易的吗?换成大人也不容易啊!不信你回家试试,看你自己把玻璃捣得那么碎,再把那么小那么小的玻璃碴儿粘在金属上容易不容易？你儿子的做法，是怕你怕的呀！……我走着走着，就流泪了。那一天，是我当父亲以来，第一次知道心疼孩子。以前呢，我的心都被穷日子累糙了，顾不上关怀自己的孩子们了……"

"那，爸你也不是因为镶玻璃的活儿不好干了才……"

"唉，儿子你这话问的！这还用问吗？……"

我的朋友，一个三十五六岁的大男人，伏在他老父亲身上无声地哭了。

几天后，那父亲在他的两个儿子一个女儿的守护之下，安详而逝……

我的朋友对我讲述完了，我和他不约而同地吸起烟来，长久无话。

那时，夕照洒进屋里，洒了一地，洒了一墙。我老父亲的遗像，沐浴着夕照，他在对我微笑。他也曾是一位脾气很大的父亲，也曾使我们当儿女的都很惧怕。可是从某一年开始，他忽然似的判若两人，变成了一位性情温良的父亲。

我望着父亲的遗像，陷入默默的回忆——在我们几个儿女和我们的老父亲之间，想必也发生过类似的事吧？那究竟是一件什么事呢？——可我却没有我的朋友那么幸运，至今也不知道。而且，也不可能知道了，将永远是一个谜了……

不速之客

在我们寻常的或不寻常的世俗生活之中，有些事情听来似乎太戏剧化，使人怀疑其意义究竟何在。

然而细细一想，你的心灵不能不为之感动，你会不禁地潸然泪下……

几天前，我家来了一位不速之客，是我一九八五年在新疆认识的一位青年石油工人。算来如今他该是三十多岁的人了。岁月飞逝，大戈壁的风沙在他脸上过早地刻下了皱纹。与大都市的同龄人相比，他看上去要老上十岁。

吃过饭，他吞吞吐吐地请求："梁老师，如果，如果可以的话，我想……我想住在你家……只住一宿。明天的火车票我都买好了，一早就走……"

斯时已是晚上九点半了。

我爽快地说："当然可以，好不容易见上一面，你住下，我们也可以从容地多聊聊嘛。"

他笑了。

我又说："明天退了票，在北京玩儿几天吧！"

他连连摇头："那可不行，只有半个月假。在沧州住三五天之后，探亲假就只剩下十天不到了。我老母亲可想我哪……"

我奇怪地问："那么你到沧州去，并不是……"

他又摇了摇头："您忘了？我家在大庆嘛！到沧州农村去，是探望我奶奶。我父亲在天津站上车找我，我们一起去沧州……"

我不但奇怪，而且糊涂了。在我记忆中，他奶奶早已去世了……

他见我困惑，于是娓娓道来——

您是知道的，我们石油人中，有不少"父子兵"。比如我和我父亲，就都是石油人。说是"父子兵"，别人准以为，可以天天在一起似的，其实不尽然。有时调令一下，一方就得打起行李，跟随所在的大队或小队走。一走，可能就是几千里。父子可能一别就是三四年，甚至七八年，十来年……

他问我："您还记得我们队上的小侯吗？"

我说："记得。怎么不记得呢？一下了班就抱着吉他弹起来没完，外号叫'观赏猴'的那个小伙子，对不对？"

他说："对，就是他。人们都说我俩长得像双胞胎。当年我心里挺烦他的。当年海洋石油公司不是刚组建吗？他认为海洋石油公司是石油战线的'皇家海军'，总想调到海洋石油去。领导没批，他就三番五次闹情绪。我是团支部书记，领导让我帮助他，我就一次次找他谈心。可他不跟我谈，还当众讽刺过我……去年十一月份，他死了……"

我不禁一怔，停止了吸烟。

"因为病？"

他摇头。

"事故？"

他摇头。

"自……杀？"

他仍摇头。

我不知小侯的死，和他要到沧州去探望一位"奶奶"之间有什么关系。我心中疑团百种。

他也吸起烟来。吸了两口，接着说——

小侯是因公牺牲的。他给地质队去当向导，结果遇到了大风暴。他让别人回大本营，自己留下看守器材。人们找到他的时候，十几万美金进口的器材上盖着他的外衣，保护得好好的，他自己却被沙暴埋住了。人们是从一米多深的沙丘下把他扒出来的。队友们从他的遗物中发现了一封信，是他父亲写给他的。他父亲是一位老石油工人，胜利油田的。再干几年就该退休了。他和他父亲已经九年没见面了。他父亲在信上说，因公要路过兰州。我们油田在兰州有个联络处。他父亲希望他跟领导请求，也给他个因公到兰州出差的机会，那么他们父子俩就可以在兰州站见上一面。火车在兰州停二十分钟。也许，二十分钟对九年没见过一面的小侯父子，是很可以叙叙父子情吧。总之队友们一一传看了那封信后，都哭了。大家都觉得，还是暂不告诉他父亲真相好。可是如果隐瞒，就必须有一个"小侯"，按日按时赶到兰州，在火车站和他父亲见上一面，自然而然，大家将目光集中到了我身上。我也明白了大家的意思。于是我就去找队里的领导，请求批准我冒充小侯一次。领导当即就批准了，还方方面面地嘱咐了我一通，怕我和小侯的父亲见面之后露出破绽……

小侯的遗物中还有他父亲的一张照片，可那是他父亲早年的一张照片。之间又隔了九年，凭那张照片，我哪里会认出他父亲啊！

我只好请车站的广播员替我广播广播。广播员是位姑娘，听我讲明来龙去脉，保证地说：放心吧同志，我一定替你清清楚楚地广播三遍。我望着列车进站后，听着一遍一遍的广播，当时内心里真是百感交集，也有些忐忑不安，生怕自己到时候不能把角色扮演好。

第三遍还没广播完，我见有一个人匆匆向我走来，我也迎了上去。我俩在相距两步远的地方同时站住了。他望着我，我望着他。

是他先开口说话的。他问我："儿子，是你吗？"

我说："爸，是我啊！"

我和那人就拥抱在一起。我忍不住哭了，仿佛他真是我亲爱的父亲，仿佛我真是他日夜想念的儿子，仿佛我们真的整整九年没见过面了。

我父亲，也就是小侯的父亲，也落泪了。

后来我们就找了个僻静的地方，蹲下，互相望着，都不停地吸着烟，你一言我一语地聊起来……

聊了一会儿之后，"父亲"似乎起了疑心，从兜里摸出"我"的照片，也就是小侯的照片，低头看片刻照片，抬头看片刻"我"，犹犹豫豫好一阵，终于下了决心，单刀直入地问："小伙子，别演戏了。说吧，你为什么冒充我儿子？"

我无奈，只有老实交代。

听完我的话，他将一只手拍在我肩上，大动感情地说："儿子，不，对不起，我现在已经不该叫你儿子了。既然你老实交代了，那么我也老实交代吧。我也不是小侯的父亲。小侯的父亲也死在工作岗位上了。和你一样，我也是被大家推选出来，经领导批准，专为了完成这一项任务的……"

我们彼此再也不知道说什么好，互相望着，都默默流泪不止。

第一遍开车铃响过，我们不得不都站起。

"父亲"，不，那个人说："你，可要经常给你妈写信呀！她非常想你呀！"

我也说："你，可要经常给我奶奶写信呀！奶奶非常想你呀！"

小侯有一个双目失明的奶奶，和他的伯父婶子们住在沧州乡下。后来，那个"冒充"小侯父亲的人，给我写过一封信。信上说，他们队上的一些队友决定，每月凑二百元钱，由他寄给小侯的奶奶。我将信给我们队的队友们传看了。大家也决定，每月凑二百元钱，由我寄给小侯的妈妈……

从一九八五年至今，我们两个油田，两个大队，两个钻井小队的人，除了我和那个人，其余都不曾见过面。但都一直给小侯的奶奶和妈妈寄着钱。小侯的妈妈早已知道了真相。她早已成了我的另一位妈妈。去年我还代表队友们去探望过她一次。一个多月前，我收到了老孟，也就是当年"冒充"小侯父亲的那个人写给我的信。信上说，小侯八十三岁的双目失明的老奶奶，既想儿子，又想孙子，想得整天磨磨叨叨的。人们不是总讲八十四七十三吗？这两个岁数都是老年人的"坎"啊！老孟在信中跟我商量，无论怎样，也应该了却老人家的心愿，使她在归天之前，和儿子、孙子团圆上几天。说他们队的领导，很理解，为此提前批准了他的探亲假。我将信拿给我们队的领导看。我们的领导说，这还用请求？也批准你提前探家。我想，这一路上，能节省几元钱就节省几元钱吧！节省了，不是可以多给老人家留下些吗？农村不比城市，就目前来说，几元钱也是钱啊！何况在北京，少于二十元，人生地不熟的，是很难找到地方住的……

我想寻找到最能表达我当时心情的话，可我当时竟变得口拙舌笨起来。不经意间，我脸上已淌下了泪……

这些石油人啊，他们是些感情色彩多么奇特的人啊！

我默默从冰箱里取出了朋友送给我的几盒蜂王浆，递给他，诚挚地说："把我这点儿心意，也给老人家带去吧！……"

孩儿面

那天晚上，我在友人家做客。友人乃中年书法家，举办了国内、国外个人书法展后，声名鹊起，墨迹就很值钱起来。

正聊着，忽闻敲门声。友人妻子开了门，让进一位二十多岁的青年。看其衣着气质，不但是外地人，而且定是山里人无疑。

他在门外声称找"汪铭老先生"，归还一样东西。

汪铭老先生，友人之父，数年前已故去。生前也是一位名字极有分量的书法家。

友人问青年，从何处来？

答曰，从大兴安岭林区来。

问，归还什么？

青年犹豫不语。

于是友人将青年引入另一房间，指墙上其父遗像说："我是你要找的人的儿子。而且他只我这么一个儿子。"

青年沉吟半晌，默默从肩上取下布袋，放于桌上。又默默从袋中取出布包，一层、两层、三层，展开三层包裹，现出一块砚来……

此砚不寻常！

开扇般大小，一寸许厚，呈双龙护月形。中间圆如满月的砚面，石质坚韧，光润莹洁，纹理缜细。双龙雕刻，刀法隽秀有力，精湛浑朴。

友人不禁"呀"了一声，急问："此砚是怎么落在你手中的？"

青年说："为了归还，十几年间我专程到北京四五次，寻找它的主人寻找得好苦！今天总算寻找到了，我也从此了却一桩心事……不过我现在好渴……"

友人立即吩咐其妻："快沏茶来！"并将青年从椅上让座于沙发，恭而敬之，待为嘉宾。

青年饮了几口，讲出下面一段事：

二十二年前，大兴安岭某农场的一个伐木队里，增加了一个人。一个神色沉郁，五十多岁的劳改分子。

当天，伐木队长向自己手下的三十多伐木工人打招呼："我看此人，衣物很少，书却挺多，准是个学问人。他一有空闲，就坐下看书，到了这般田地，仍不失学问人的习惯，可见身未触法，心内无愧。他不卑不亢，满脸正气，这年月，蒙受不白之冤的好人不少。咱们谁也不许为难他。别给自己，给下辈人做阴损缺德的事！"

亏得有伐木队长暗中庇护，谁也不曾刁难过他。

那个当年的伐木队长，便是寻上门来归还古砚的青年的父亲。

后来发生的一件事，证明伐木队长的判断不错。那人果然外懦内勇，显示出了令人钦佩的品格……

一头熊，闯入伐木人家属住的房子。炕上正睡着一个未满周岁的孩子。那孩子不是别人，正是归还古砚的青年。熊，就卧在孩子身旁，像狗一样，将嘴巴伏在两只掌上打盹……

伐木工们，他们的家属，围聚在房子外面都乱了手脚，不知如何是好。而当时伐木队长又不在，谁也不敢瞎作主张。怕一旦失策，毁了孩子性命，落个被终生怨恨的下场。

所幸孩子一直熟睡着。但那熊，也仿佛要厮守着孩子，一直打盹到明天似的……

几个小伙子，再也按捺不住性子，一人攥一把利斧，要闯入屋里……

他们被那接受改造的人拦住了。

有人取来一杆猎枪，从窗口偷偷伸进去……

也被那接受改造的人拦住了。

他说："如果一枪打不死它呢？我遇到过类似的情

况。熊在这时候，一般不伤人。最稳妥的办法，是有人进屋里去，将孩子抱出来……为了以防万一，枪瞄着熊也是必要的。但不到万不得已，不可开枪……"

"进屋里去？"人家反问，"谁？""我。"

他以他所主张的方式救出了那个孩子……

大森林里，即使在当时那个年代，也有着跟外界不尽相同的判断人的方式和标准。他在伐木工们的心目中成了带有传奇色彩的人物。伐木队长公然和他交上了朋友，毫无避讳地和他称兄道弟，还经常请他到家里去喝酒……

一天，他伐木时，碰上了"吊死鬼"。这是有经验的伐木工也要小心对付的情况——一棵已经伐断的树，被另一棵树半空"扯"住。这同开山炸石的人碰上了"哑炮"一样。

他碰上了两棵断树被同一棵树半空"扯"住的险情。伐木工人把这种险情叫作"二常联手"，意思是黑白无常串通一气，企图取人性命。

他判断对了第三棵树的倒势，开动了电锯。

森林里突然刮起了一股风。那风起得好疾，好猛。他刚听一声大喊："闪开！"——抬头看时，两棵断树被刮得脱了倚恃，凌空向他压顶砸下来。他还没来得及做出迅速的反应，就被人推出一丈多远，跌倒在雪窝里……

参天大树响着枝杈折断的呼啸之声轰然倒下……

树干之下，压着的是伐木队长……

半月后，他离开了大森林。谁也不晓得他将被弄到哪里去，他的命运如何，等待他的是凶是吉。

他自己也难预测。

他没有忘记向伐木队长的妻子告别。

他对她说："你们母子以后的生活肯定会很难。我处于这般田地，又身无分文，无法报答你丈夫对我的救命之恩，也无力周济你们母子。只有这块古砚，是传家之宝，值钱的文物。你们母子就把它收下吧。有机会变卖掉，可维持三年五载的衣食。"

他双手捧砚，挚诚相赠。

伐木队长的妻子虽然感激涕零，却坚拒不受。

最后，他叹息一声，说："就算我将它寄托你们吧。若是哪一天，我的处境略有转变，就让孩子带这块砚去找我。我会把他当成自己的亲生儿子一样！……"

友人及其妻听至这里，不禁四目涕视，我看得出，他们内心里都活动着些微妙的想法。

友人嗫嚅地说："可是，可是我父亲……我刚才告诉过你的，他已经去世了……"

大兴安岭林区来的青年说："我母亲也去世了。我母亲去世前，再三叮嘱我——将来一定要寻找到这块砚的主人。既然当年讲好是寄托于我们的，我们就一定要守信用，一定要想办法使它物归原主。所以，我千里迢迢又一次来到北京，不是希望能在北京寻找到一位有理由倚靠的监护人，只是为了归还这块砚。除此没有别的目的。"

友人夫妇，顿时肃然。

青年又说："允许我再看一眼老先生吗？"

友人愧曰："当然当然。"

于是第二次将青年引至其父遗像前。

青年对遗像三鞠躬后，拱手作别。

友人问："你可知此砚现在值多少钱？"

青年回答："三年前曾有人出两万元高价求买。虽家境贫寒，但毕竟是信托之物，不敢换钱。"

友人感慨地说："这是一块安徽歙县出品的古砚。从民间传至过宫廷，又从宫廷流失于民间。归于我家祖上，至今已相传七八代之久。抚之如柔肤，叩之似金声，素享'孩儿面'之美誉。苏东坡曾赞'孩儿面'——'涩不留笔，滑不拒墨'。可不是区区两万元就能买卖之物啊！"

遂向其妻暗使眼色。其妻领悟，转身入另室。片刻而出，执一信封，赠向青年，言内有五千元，聊谢归还诚意……

青年亦如其母当年，坚拒不受。

友人妻无奈。

友人说："请稍候。我为你写一条幅，可愿收下？"

青年微笑，说这是很高兴收下的。

于是友人铺展纸幅，使用那"孩儿面"细细研墨。研罢，悬笔在手，似一时不知该写什么，侧目求援视我……

我沉吟有顷，想出四句话：

世人皆图币，

君予古心来，

孩儿面依旧，

朴拙放异彩！

友人随声落笔，果然龙飞蛇舞，硬撇柔捺，苍折虬钩，墨迹不凡，一流书法！

我望着那青年，心中暗思——好一段古砚情！好一块"孩儿面"！好一位品性古朴未染的青年！……

让心灵为铜锈所蚀的我辈大惭啊！

还是爱兵

天黑了。

暴风雪呼啸得更加狂怒了。一辆客车，已经被困在公路上六七个小时了。

车上的二十几名乘客中，有一位抱着孩子的年轻母亲，她的孩子刚刚两岁多一点儿；还有一个兵，他入伍不久，他那张脸看上去怪稚气的，使人觉得似乎还是个少年哪。

估计那时车厢里的温度，由白天的零下三十摄氏度左右，渐降至零下四十摄氏度左右了。车窗全都被厚厚的雪花贴严了，车厢里伸手不见五指。每个人都快冻僵了。那个兵自然也不例外。不知从哪一年起，中国人开始将兵叫作"大兵"了。其实，按他们的年龄，在城里人家，仍被当"孩子"看待着。普遍的"大兵"们，实在都是些小战士。

那个兵，原本是乘客中穿得最保暖的人——棉袄，棉裤，冻不透的大头鞋，羊剪绒的帽子和里边是羊剪绒的棉手套，还有一件厚厚的羊毛军大衣。

但此刻，他肯定是身上最寒冷的一个人。

他的大衣让司机穿走了，只有司机知道应该到哪儿去求援。可司机起初不肯去，怕离开车后被冻死在路上。于是兵就毫不犹豫地将大衣脱下来了……

他见一个老汉只戴一顶毡帽，冻得不停地淌清鼻涕，挂了一胡子，样子非常可怜。于是摘下他的羊剪绒的帽子，给老汉戴上了。老汉见兵剃的是平头，不忍接受。兵憨厚地笑笑说："大爷您戴着吧！我年轻，火力旺。没事儿。"人们认为他是兵，他完全应该那么做。他自己当然也这样认为。

后来他又将他的棉手套送给一个少女戴。

她接受时对他说："谢谢。"

他说："不用谢。这有什么可谢的？我是兵嘛，应该的。"

后来一位年轻的母亲哭了。她发现她的孩子已经冻得嘴唇发青，尽管她一直紧紧地抱着孩子。

于是有人叹气……

于是有人抱怨司机怎么还没找来救援的人们……

于是有人骂娘，骂天，骂地，骂那年轻的母亲哭得自己心烦心慌……

于是，兵又默默地脱自己的棉袄……

那时刻天还没黑。

一个男人说："大兵，把棉袄卖给我吧！我出一百元！我身上倒不冷，可我的皮鞋冻透了。我用你的棉袄包脚。怎么样，怎么样？"

一个女人说："我加五十元卖给我！他的大衣比我的大衣厚。我有关节炎，我得再用什么护住膝盖呀！"

兵对那男人和女人摇摇头。在人们的注视下，走到那位年轻母亲身边，帮着她，用自己的棉袄，将她的孩子严严地包起来了……

穿着大衣的几个男人和女人，都用大衣将自己裹得更紧了。仿佛兵的举动，使他们冷上加冷了……

再后来，天就黑了。

伸手不见五指的车厢里忽然有火苗一亮。是那个想出一百元买下他棉袄的男人按着了打火机。他接近到兵跟前，一松手指，打火机灭了。车厢里又伸手不见五指了。

他低声说："真的，你这兵就是经冻。咱俩商量个事儿，把你的大头鞋卖给我吧！二百元！二百元啊！"

兵说："这不行。我要冻掉了双脚，就没法儿再当兵了。"

他一再央求。说哪儿会冻掉你双脚呢！你多经冻呀！不会的。说你太傻点儿了吧？你把大衣、棉袄、帽子和手套都白送给别人穿着戴着了，怎么我买你一双鞋你倒不肯了呢？没人会知道你是卖给我的！大家都睡着了，听不到咱俩这么小声说的话……

兵沉默片刻，犹豫地说："那……如果你愿意用你那半瓶酒和我换的话，我可以考虑……"

于是他又按着打火机，回到自己的座位那儿，取来了他喝剩下的半瓶酒交给了兵……

于是兵弯下腰，默默解自己的鞋带儿……

两人互换之际，他又灌了一大口酒。好像如若不然，这种交换，在他那一方面是很吃亏的。

兵从车厢这一端，摸索着走向那一端。依次推醒人们，让所有的人都饮口酒驱寒，包括那位年轻的母亲，包括那少女。男人在这种情况下一个比一个贪心，反正黑暗掩护着贪心，谁也看不见谁喝得太多了……

酒瓶回到兵的手中时，兵最后将它对着嘴举了起来——只有几滴酒缓缓淌进了兵的嘴里。兵感到口中一热，似乎浑身也随之热了一下……

拂晓，司机引领来了铲雪车和救援的人。乘客们欢呼起来。只有一个人没欢呼。就是兵。就是那脸上看上去怪稚气的兵。就是那使人觉得似乎还是个少年的兵。

他冻僵在自己的座位上。

事后人们才知道，他入伍才半年。他还不满十九岁。他是一个多子女的穷困乡村的农家的长子。他的未婚妻是个好姑娘，期待着他复员后做他的贤妻……

在北京，在一九九六年的夏天，在一家小饭馆儿里，有几个喝得半醉不醉的男人，公开调戏一个女招待员。那姑娘分明是从外地农村进京被招聘的。目睹劣行的人们，包括我自己，敢怒而不敢言。他们人多。我那天是陪一位新疆来的维吾尔族朋友吃便饭。我的维吾尔族朋友已在怒视着他们了。

忽然一个兵走了进来。兵看见那一幕，转身退出了。

我悄悄对我的维吾尔族朋友说："你忍着点儿啊，你看兵都不管这类闲事儿了！"

可那兵却又进来了，而且带进来另一个兵。两个兵都那么年轻，像两个穿兵服的高中男生。

他们干预了。

那些人就骂兵，就转而围攻兵。将两个兵逼在墙角里，用下流的话侮辱他们。

两个小兵隐忍着，涨红了脸。

我的维吾尔族朋友拍案而起……

目睹着势态的人们都拍案而起了……

两个小兵摆出了格斗的姿势……

那些可恶的男人心虚了，胆怯了，撒下一桌子饭菜，一个个神色惶惶地溜之大吉了……

两个小兵，向人们庄庄重重地敬了一个军礼，要了两碗面条，端到一个角落去吃。很快吃完。走前，在门口又向人们庄庄重重地敬了一个军礼……

我的维吾尔族朋友，接着就给我讲了那个被冻死的兵的故事。不，不是故事，而是真事。这事几年前发生在新疆，从没被报道过。当时在车上的那位年轻的母亲，乃是我的维吾尔族朋友的妻子。

他说："从那儿以后，谁侮辱兵，就像侮辱我的亲弟弟。尽管我没有弟弟。谁骂兵的父母，就像骂我的父母。我就想和谁打架！"

从那以后，我就一直想为中国的兵写一篇文字。尽管我一天军装也没穿过。从那以后，我总想说出一句心里话——我爱兵……

"上山下乡"的年代，当兵是逃脱这一场运动的抛掷的捷径。只极少数的父母才有资格替他们的儿女做这样幸运的选择。

现在，据我所知，兵的队列，主要是由农家子弟组成的了。而且主要是由较穷困的农家子弟组成的。富了的和很富了的农家，自有办法不让他们的子弟去当兵。

这些十八九岁的农家子弟啊，他们一穿上那身迷彩服，就开始被训练成为不同的人。

被训练成什么样的人呢？

毛主席当年有一条"最高指示"，叫作"一不怕苦，二不怕死"。

他们就被训练成这样的人。时刻准备着，为了老百姓去出生入死，赴汤蹈火。一切的大灾难发生之后，最先出现的，必是当兵的身影无疑。兵的使命，使他们不惧伤亡，一往无前，前赴后继。

在全国"作协第五次代表大会"期间，我与军队作家周大新一同看电影。那是一部国产影片，一部关于兵的影片，反映兵们在中越边境地带如何扫雷。

大新不停地以手拭目。

我问："大新，你在流泪？"

他说："嗯，我在流泪。"

我问："你很受感动？"

他说："嗯，我很受感动。我带兵执行过这种任务，当过他们的指导员。"

"那雷的威力似乎不大啊，就炸掉了兵的一小截腿嘛！"

"它就要兵的一条腿。"

"那么兵以后呢？"

"就转业了。"

"抚恤金呢？"

"很少……"

"牺牲了呢？……牺牲了给多少钱……"

话一出口，我顿觉自己问得那么轻佻。

而大新又抹眼泪，未回答。

战争也罢，抢险救灾也罢，一道军令，兵就"一不怕苦，二不怕死"。兵的生命兵的血，从穿上兵服那一天起，就完全地奉献给军队了。

人们啊，难道我们能否认这样的事实吗？当你处在危难之际，如果你看见兵，你就会觉得自己有救了。如果你被歹徒拦劫，兵会为救你向歹徒扑上去。哪怕歹徒凶器在手，似狼似虎，而兵赤手空拳……

一位在公安部门工作的朋友曾告诉我——他审讯车匪路霸时，曾有如下的问答：

"为什么单单抢劫第二辆车而放过了第一辆车？"

"因为……因为第一辆车上有几个兵……"

和兵在一起，许多人就会逢凶化吉，一路平安。

如果你有什么事情要向人无虑相托，你看见一个兵，如果他真是一个兵的话，你就是看见了一个最值得信赖的人。报载一位厂长在火车上请一个兵替他看着自己的手提包，他下到站台上没能及时上车，而那手提包里有十几万公款。不久，那个兵亲自将提包送到了他的单位。

如果你要踏上一条充满艰难险阻的路，有一个兵为伴，你就会暗自庆幸的。因为你深信，无论在什么情况之下，他都不会甩下你不管。如果有两个兵为伴，你就会无忧无虑。如果有三个兵为伴，你简直可以唱着歌儿上路。尽管他们才十八九、二十来岁，尽管在年龄上你可做他们的长兄乃至父亲……

我为海军作家李忠效创作的电视剧写过一篇短评——他是根据一名水兵的真事创作的。水兵是一户穷困渔民的儿子。他回家探亲，和渔民们一同出海打鱼。台风陡起，击碎了渔船。七名渔民无一丧生，水兵的父母却再也见不到儿子了。他三次将自己抱着的碎船板推给了别人抱着，他三次把生的机会留给了别人……

放眼当今，在军队中，在那些年纪轻轻的兵中，才有很多这样特殊的人啊！

关于兵的事，知道的渐多了，真的不能不从心底爱他们。

有时从电视里看兵在进行军训的专题片，心中常不禁地暗想——带兵的军官们啊，现在不是和平时期吗？那就别太严格地要求兵们吧！

这当然是很迂腐可笑的想法。

但是不禁还是要这么想，甚至不止一次、不止对一位当军官的朋友们这么说。

中国的兵，是名副其实的人民子弟兵。

人民子弟兵，据我想来，第一是要忠于人民。谁破坏了人民子弟兵和人民的关系，谁就是有罪过的人。人民子弟兵，永永远远和人民保持鱼水之情，血肉之亲，唇齿之依，多好啊！

据我想来，这该便是中国安定的大前提，"中国特色"的大质量吧？

是的，我爱兵……

从内心里爱他们！

永久的悔

一九七一年，我到北大荒的第三个年头，连队已有二百多名知识青年了。我是一排一班的班长。我们被认为或自认为是知识青年，其实并没有多少知识可言。我的班里，年龄最小的上海知青才十七岁，还是些中学生而已。

那一年全都在"割资本主义的尾巴"。团里规定——老职工老战士家，不得养母鸡。母鸡会下蛋，当归于"生产资料"一类。至于猪，公的母的，都是不许私养的。母猪会下崽，私人一旦养了，必然形成"资本的原始积累"。公猪哪，一旦养到既肥且重，在少肉吃的年代，岂非等于"囤稀居奇"？违反了规定者，便是长出"资本主义的尾巴"了。倘自己不主动"割"，则须别人帮助"割"了。用当年的话说，主张"割得狠、割得疼、割得彻底、割出血来"。

有一年，有一名老职工和我们班在山上开创"新点"。五月里的一天，我忽听到了小鸡的叽叽叫声，从一纸板箱里发出。纸板箱摆在火炕的最里角。

我奇怪地问："老杨，那里是什么叫？"

他笑笑，说是小鸟儿叫。

我说："我怎么听着像是小鸡叫？"

他一本正经地说："深山老林，哪儿来的小鸡啊？是小鸟儿叫，我发现了一个鸟窝，大概老鸟儿死了，小鸟儿们全饿得快不行了。我一时动了菩萨心肠，就连窝捧回来了，养大就放生……"他说得煞有介事，而且有全班人为他做证，我也就懒得爬上炕去看一眼，只当就是他说的那么回事儿……不久后的一天，我见他在喂他的"鸟儿"们。它们一个个已长得毛茸茸的，比拳头大了。我指着问："这是些什么？"

他嘿嘿一笑，反问："你看呢？"

我说："我看是些小鸡，不是小鸟儿。"

他说："我当它们是些小鸟儿养着，它们不就算是些小鸟儿了吗？"这时全班人便都七言八语起来，有的公然"指鹿为马"，说明明是些小鸟儿，偏我自己当成是些小鸡，以己昏昏，使人昏昏。有的知道骗不过我，索性替老杨讲情儿，说在山上，养几只小鸡也算不了什么，何必认真？再说，也是"丰富业余生活"内容嘛……

我也觉得大家的生活太寂寞了，不再反对。你没法儿想象，那些"小鸟儿"，不，那些小鸡，是老杨每晚猫在被窝里，用双手轮番地焐，焐了半个多月，一只只焐出来的……一日三餐，全班总是有剩饭剩菜的，它们吃得饱，长得快，又有老杨的精心护养，到了八九月份，全长成些半大鸡了。"新点"建还是不建，团里始终犹豫，所以我们全班也就始终驻扎在山上。"十一"那一天，老杨杀了两只最大的公鸡，我们美美地喝了一顿鸡汤。

春节前，连里通知，"新点"不建了，要全班撤下山。这是大家早就盼望着的事，可几只鸡怎么办呢？大家都犯起愁来。最后一致决定，全杀了吃。

其中四只是母鸡。杀鸡的老杨几次操刀，几次放下，对它们下不了手。他恳求地望着我说："班长，已经开始下蛋了啊！"

我说："那又怎样？"

他说："杀了太可惜呀！"

我说："依你怎么办？"

他进一步恳求："班长，让我偷偷带回连队吧！我家住在村头，养着也没人发现。发现了我自己承担后果。我家孩子多，又都在长身体……"

而我，当时实在说不出断然不许的话……我却不曾料到，这件事被我们班里一个极迫切要求入团的知青揭发了，于是召开了全连批判会，于是这件事上了全团的"运动简报"。批判稿是我写的，我代表全班读的。尽管我按照连里和团里的指令做了，我这个班长还是被撤了职……老杨一向为人老实，平时对我们也极好。他感到了被出卖的愤怒，也觉得当众受批判乃是他终生的奇耻大辱。一天夜里，他在知青宿舍后的一棵树上自尽了……

我们被吩咐料理他的后事。他死后我才第一次到他家去。那是怎样的一个家啊！一领破炕席，三个衣衫褴褛营养不良的孩子，一个面黄肌瘦病恹恹的女人……那一种穷困情形咄咄逼人，在他死后，尤其令人心情沉重而又内疚不已……

我们将埋他的坑挖得很深很深……埋了他，我们都哭了，在他的坟头……后来每个星期日的夜里，都会有一爬犁烧柴送到他家门前……后来我当了小学教师，教他的三个孩子。我极端地偏爱他们、偏袒他们，替他们买书包、买作业本。然而他们怕我、疏远我……

后来他们的母亲生病了，我们全班步行了二三十公里，赶到团部医院去要求献血。我住到了他们家里，每天替他们做饭，辅导他们功课，给他们讲故事听……可他们依然怕我、疏远我，甚至在他们瞪着三双大眼睛听我讲故事的时刻……

后来我被调到团宣传股去了。离开连队那一天，许多人围着马车送我。我发现我的三个学生的母亲，默默地闪在人墙后，似在看着我，又不似……老板子发出赶马的吆喝声后，我见她双手将三个孩子往前一推，于是我听到他们齐声说出的一句话是"老师再见！"顿时我泪如泉涌……当年，我们连自己都不会保护，更遑论善于保护他人。这样想，虽然能使我心中的悔不再像难愈的伤口仍时时渗血，却不能使当年发生的事像根本没发生过一样……

　　如今二十多载过去了，心上的悔如牛痘结了痂，其下生长出了一层新嫩的思想——人对人的爱心应是高于一切的，是社会起码的也是必要的原则。当这一原则遭到歪曲时，人不应驯服为时代的奴隶。获得这一种很平凡的思想，我们当年付出了怎样的代价啊！……

瘦老头

A君是我朋友，一位"环保"专家。二十世纪九十年代初，他以博士身份从国外甫一归来，便为国内的"环保"问题四处奔走，大声疾呼。可以说，他是中国最早的一位能以专业头脑传播"环保"思想的人。现在，他任职于某大学，成为博士生导师，业已桃李满天下矣。中国之"环保"领域，其弟子多多，皆是有贡献者。他也经常飞往国外参加各种"环保"会议，向世界宣讲中国之"环保"现状……

我第一次见到他，是在区"人大"组织的代表学习活动中。屈指算来，已是六七年前的事了。他作为专家，向二十几名区人大代表介绍世界"环保"经验。

中午吃饭时，我恰坐于他的旁边。主食是米饭，也有面条。他要了一碗米饭，持箸端碗之际，叫住服务员姑娘，望着一桌羹肴小声问："有榨菜吗？"

服务员姑娘摇头后说，有泡菜，有食堂自腌的小咸菜，有南方辣菜，还有腐乳，就是没有榨菜。他却说："怎么可以没有榨菜呢？榨菜，必然应该有的啊！"服务员姑娘说："那，就只能为您现去买一小袋了。"众人都看得分明，人家服务员姑娘那么说，显然等于软软地"将"了他一"军"，使他认清形势，能在没有榨菜的特殊情况下，顺利地将一碗米饭吃下去。不料他赶紧说："那多谢了，那多谢了！"服务员姑娘愣了愣，不乐意地离去。他见众人都在费解地望他，神色颇不自然，连道："见笑见笑，对我来说，米饭还是就着榨菜才香。毛病，毛病……"众人都未接言，默默赔笑而已。我心里暗想，当然是毛病！觉得众人肯定与我同感。他呢，则干脆垂手而坐，直等到人家服务员姑娘为他买来了一小袋榨菜；于是撕开，全部抖在碗中，拌几拌，大快朵颐。

后来，我又在别的场合见到过他几次，竟成朋友。对于他的经历，尤其他与榨菜的亲密关系，渐渐了解：

A君原本是北方林区的一个孩子，他上小学四年级时，逢"文革"年代。"文革"对于中国当年的中小学生们，大抵也留下过某些愉快的回忆。比之于今天皆被逼迫成了分数的奴婢的中小学生，当年的中小学生们简直可以说"幸福"无比了。逃学之事，蔚然成风。在那样的年代，全中国的中小学生没多少真的"以学为主"的，绝大多数以玩为主。尤其像A君那样一些当年的北方林区的孩子，用A君的话说，是"从早到晚，一心只想着怎么玩儿"。

"对于孩子，我们林区有意思的事儿太多了呀！那个年代，我们快玩疯了。我的四年级同学中，居然有识字不足一百个的，还居然有背不下乘法口诀的。别说我们些个孩子认为读书无用了，连我们的父母差不多也这么认为啊！我们的小学校，在林场的场部。我们结伴从家里走到场部去，得走一个来小时。即使离开家门时，都是打算不逃课的，但半路一发现吸引我们的事儿，比如一个马蜂窝、一个鸟巢、一只大个儿的青蛙，或一只蜻蜓王，便又集体逃课没商量了。因为坚持上学的学生越来越少，老师都找借口调离了学校。我四年级还没读完，学校合并到县城去了。这么一来，我们上学更远，便都索性辍学了。家长懒得管我们，不是家长的大人们对我们的种种玩法淘法也早已司空见惯，我们仿佛成了林区的一群小野生动物，整天纠结在一起东游西逛，为了满足心理快感，也每每干点儿坏事。比如偷几串张家院子里晒的蘑菇，悄悄挂到李家的院子里去，看两家的人因而吵起来了，我们大为开心。又如见谁家院子里的花啦菜啦的长得好，没招虫，我们就活捉一罐头瓶毛虫，隔着板障子，将罐头瓶扔进谁家院子……"

在三十多年后，在冬季的一个下午，在我家里，A君将臂肘架在窗台上，缓缓地吸着烟，不动声色地向我讲着他小时候所干的种种坏事。虽然是在冬季，那一个下午的阳光却很好，照进屋里一大片，也照在我和他的身上。是的，他起初是不动声色的，开始讲到"瘦老头儿"的时候，表情和语调，才使我觉得有了忏悔的意味……

"某天，我们五六个最野的小伙伴的视野中，出现了一个陌生的瘦老头。连大人们也不知道他从前是干什么的，只互相传说他是从南方被发配到我们那处北方林场的，姓张。还传说，连他的姓也是有关方面按在他头上的，并非他的真姓。家长们嘱咐我们，千万不要做什么辱害他的事，因为他已经患了晚期癌症，活不了多少日子了。有些话，即使家长们千叮万嘱，我们也还是会当成耳旁风。但是那一回，我们都把家长们的话记在心里了。辱害将死之人，势必会受到老天惩罚的，林区的大人孩子都深信此点。何况，瘦老头确实瘦得令人可怜，又高又瘦。他的脸，是一张几乎皮包骨的脸，所以就显得眼睛挺大的。但是他的背，挺得很直，起码我们每次见到他时他是那样子。他被指定住在一处路口的小木板房里，从林区往外运原木的卡车必然经过那个路口，他的工作就是负责登记车牌号、驾驶证号、运出的是何种原木。他一在那小木板房住下，便开始清理周围的垃圾，铲平土堆，围小园子。当时是春季，他在小园子里翻地，培垄，埋种。我们远远地望着，都困惑不已。依我们看来，他肯定活不过夏季的，大人们也都这样认为。那么，他所做的一切，不是毫无意义吗？夏天来临了，他竟没死。而那小园子在他的精心侍弄之下，茄子豆角黄瓜柿子西葫芦什么的，结得喜人。那破败的小木板房的前后，也有各种各样美丽的花开着了。某次我们经过他那园子，他在园子里

唤住了我们，手拿着松土的小铲子问我们：'听说你们几个很淘，是吗？'

"我们相互看看，都不知道该怎么回答他。

"他又说：'男孩儿不淘气的少。咱们订一条君子协议好不？——请你们不要祸害我这园子里的菜秧。如果你们能做到，而我不到秋天就死了，那么园子里的菜由你们收获，全归你们。如果我活到了那一天，我只留少部分，大部分还是归你们。这个协议，你们现在愿意和我订下来吗？'

"我们又互相看着，都不由自主地点头。

"而他，望一眼小木板房，又说：'要是我真的活不到秋季，拜托你们几个，替我把那些花的籽撸下来，用纸包好，交给接我工作的人。就说我希望他，年年种花。那些花多美啊，不论自己看着还是别人看着，心情都愉快嘛，是吧？'

"我们又不由自主地点头。"

"'那么，你们算是答应我了？'

"我们除了点头，仍不知该说什么。彼此使使眼色，一转身都脚步快快地走了……"

A君按灭烟，喝了一口茶，问我小时候想到过死没有？

我说我七八岁时的一天，在无任何人暗示的情况下，不知怎么一来，忽然就想到了死，于是害怕得独自流泪，感到很绝望，很无助。

"大部分人小时候都经历过那么一个时期吧？"

"我想是的。"

"我们当时就正经历着那样的时期。别看我们整天疯啊野啊的，似乎天不怕地不怕，其实个个心里有一怕，就是怕死，只不过谁都不愿承认罢了。所以，我们对瘦老头都有几分佩服起来，因为他是一个不怕死的人。一个怕死的人，在活过今天不知明天还活不活得成的情况下，哪儿还有心思管什么菜啦花啦的呀！从那一天以后，我们再经过那小木板房和那小园子时，都一反常态，不吵不闹了。那一年的秋天来得早，立秋不久，发生一次山火；许多人家怕遭殃，离开林场，四处投亲靠友，我和几个小伙伴的家人，也将我们分别转移了。我们的父母并没随我们一起走，他们身负扑火的义务。等我们从四面八方回到林场，已经是一个多月以后的事了。山火早已扑灭，也没有哪一户人家被火烧到。我们都以为瘦老头肯定死了，各自回到家里才知道，他非但没死，还将园子里的菜收了，一篮一篮地送到了我们各自的家里。大人们都说，为了打听清楚我们都是谁家的孩子，他真是费了不少口舌。还说，他夸我们都是守信誉的孩子。从没有谁夸过我们那几个淘小子，明明是他自己一言九鼎，却反过来夸我们守信，使我们都惭愧极了。难道没忍心糟蹋他的园子也能算守信誉吗？那么，做守信誉的人也太容易了呀！于是我们一起去谢他，他园子里的菜秧已经拔起来，堆在一角；小木板房前后的花，也显然被撸过籽了；而他正在吃饭，不过就是喝着碗里的玉米面糊糊，就着小盘里的一点儿什么咸菜条而已。屋里这儿那儿，却不见有什么菜的影子。我们问他为什么不给自己也留些菜呢？他说他不愿吃菜，只愿吃小盘里那种咸菜。我们一时便都失语，由我替大家吭吭哧哧说了两句谢他的话，皆转身想走。他不让我们立刻离去，放下碗筷，从一个纸盒邮包里取出些小塑料袋，——塞在我们手中，告诉我们那是榨菜。从小在北方林场长大的我们，头一次听说'榨菜'两个字。我们走在回家的路上时，就都撕开小塑料袋尝起来。这一尝不要紧，哪个都管不住自己了。榨菜真好吃呀，嫩嫩的，脆脆的，微酸微咸微辣，与我们北方的任何一种咸菜的滋味都不同，也比我们所吃过的任何一种北方咸菜都爽口。在当年，我们北方人家腌的咸菜，无非就是疙瘩头咸萝卜什么的，我们早都吃烦了。蒜茄子固然好吃，但一般人家是舍不得把茄子也腌了的。纵使舍得腌点，往往也要留着待客，或春节才吃。你可想而知，榨菜对于我们，不啻是种美食。我们一会儿就都把各自的一小袋榨菜吃光了，一个个却还想吃。当然，一进家门，就都喝水。过了几天，我们聚在一起，一商议，一块儿捡了些干枝子给瘦老头送去当柴烧。其实个个都明白，那是借口，还不是希望能得到那么一小袋榨菜嘛！瘦老头见了我们特别高兴，也十分感动于我们的好意。但是，没再给我们榨菜。他问，为什么总不见我们背着书包去上学？还是由我替大家回答他：因为小学校合并到县里了，去上学路太远了。又问，那你们还想不想学文化知识了呢？我们就一时的你看我，我看他，都有心诚实地回答：不想——学了又有什么用呢？就是学得再强，长大了想当正式伐木工人，那还得托关系走后门呢！可谁好意思这么诚实地回答啊，正在应该上学的年龄，自己却说根本不想上学，那话太羞臊了，说不出口。便都违心地说，其实都可想上学呢。瘦老头沉吟片刻，问如果我教你们学，你们愿意不？这一问，我们又都装聋作哑了。小伙伴中有一个反问，如果我们让你教，对我们有什么好处？瘦老头摸了摸小伙伴的头，问榨菜好吃吗？这下，我们才齐刷刷地回答——好吃！他便接着说，只要同意他每天教我们两个小时，我们将会经常吃到好吃的榨菜。就这样，我们几个才上小学四五年级的孩子，以后竟成了那么一个身患绝症的瘦老头的学生。

"我们确实以后又吃到了好吃的榨菜，但并不是每人每次一袋。他只给学习有进步的那个，一次照例只一袋，比现在飞机上有时候发的那种小袋大不哪儿去，他说等于是奖励。这么一来，起初只不过由于太馋才到他那里去当他的学生的我们，都被激发起了好强心理。渐渐地，连自己也说不清甘愿当他的学生所为何由了。瘦老头很会教学生，比如他每教我们识一个新字，都会从那个字一千多年以前是怎么写的讲起。他说每个中国字都是长寿佬，都有婴儿时期和童年、少年、青年、中年阶段。每经过一个阶段几乎都要变一次，到再也不变的时候就是固定在最美妙的时候了。我知道你想说什么，当然，今天在我们这样的人听来，那话毫无独到之处。可你别忘了，我们是三十多年前出生在林场的一些孩子，我们连县城还没去过呢！教过我们的小学老师，大抵也只不过具有初中文化程度而已，并且有的还是林场'革委会'头头脑脑的子女。当老师对于他们只不过是混一份工资罢了，他们从没那么教过我们新字。如果他们也像瘦老头讲得那么有趣，兴许我们都是爱学习的好学生了。瘦老头讲算术也讲得特有意思。他说这世界也基本上是数字的世界，比如水是由水分子组成的；而一个水分子，是由两个氢原子一个氧原子组成的，二比一这种数字关系永远包含在不受污染的水中。眼睛看着一碗水，也可以想象是看着万万亿亿的数学比例式。几乎人眼所见的每种东西，将它们用化学的方法化解到最小单位时，便都是些数学式的关系了。那些数学式一变，某一种东西就开始发生质变了。甚至，连世界也开始发生某一方面的变化了。我们虽然小学四五年级就辍学了，可他竟将算术、代数和几何连在一起讲给我们听，而且还每每将物理和化学知识包含在内。没多久，他开始频频表扬我们都是些聪明的孩子；我们自己也都开始觉得，原来我们并不像自己和我们的爸爸妈妈所以为的那样，都是笨头笨脑的孩子，'根本不是读书的料'。当年的课本，你也知道的，语文也罢，算术也罢，都是没意思到了极点的。幸而瘦老头根本不是手拿当年的课本教我们，他要是也那样教，即使榨菜再好吃，那我们当了几天他的学生，还是会逃之夭夭的。总而言之，瘦老头他渐渐将我们迷住了。不管知识有没有用，他将知识变得非常有趣了是一个事实。他讲课时，腰板挺直尤其直，一只手背在后边，另一只拿粉笔的手自然而然地举在胸前，目光几乎一刻也不离开我们的脸，一会儿凝视这个，一会儿凝视那个。有时，他的目光明明在凝视这个，却会将拿粉笔的那只手忽然一伸，叫起另外某个回答问题。另外那个一时回答不上来，他也从不急，一向耐心地说：'想想，再想想，上次我讲过的。'于是将自己的目光望向窗外，耐心地等待。如果他对于回答半满意不满意，就会很认真地问我们另外几个：'咱们民主一下，你们认为该奖给他榨菜吗？'通常情况下，大家必会异口同声地说：'应该。'因为我们心里有数，奖给了谁，也等于奖给了大家，谁都不会独吞的。我们分吃具有奖励意味的榨菜时，不但口中的感觉好极了，心里的感觉也好极了。对于我们而言，仿佛瘦老头的课也讲出了和好吃的榨菜一样的滋味。每当他的手伸入纸板邮盒往外拿榨菜时，也照例要说一句：'多乎哉，不多也。'我们呢，就都开心地又都有些不好意思地笑。自从我们成了他的学生，他几乎每个月都要去邮局取包裹了。而以前，隔两三个月才会有包裹从南方寄给他。他住的小木板房也因为我们而变了，他将一张破桌子重新摆放，使一面墙壁一览无余；又不知从哪儿搞到半瓶墨，涂黑墙壁，于是成了黑板……你听烦了吧？……"

阳光照在"环保"专家的脸上；他微眯着眼，目光凝注地望着窗外某处，仿佛要看清什么。问我话，居然也不转一下脸。窗外是元大都城墙遗址，覆盖着冬季的第一场雪。北京的冬季是很少下那么大的雪的，这使北京多少有点儿东北冬季的景象了。然而，窗外毕竟没有了记忆中的林场，没有住着一个瘦老头的小木板房……

我说："讲下去。"

他说："在那一年冬季，小木板房成了我们几个孩子的阳光房……其实那小木板房并不朝阳，再加上一面墙涂成了黑色……但是你能明白我的意思吧？……"

我说："明白。"

"我们那时已经不叫他瘦老头了。我们已经开始当面叫他张大爷了，背后却都叫他'咱们老师'……"

"为什么不是反过来，当面叫他老师，背后叫他张大爷？"

"我们中有一个当面叫过他老师的。他正要提问，一下子被叫愣了。愣了几秒钟，走到窗口那儿去了。背着一只手，腰挺得笔直，一动不动地在窗口那儿站了很久，我们全都呆望他背影，不知他是怎么了。终于我们听到他低声说：'今天的课就讲到这儿，我有点儿不舒服，孩子们你们可以走了……'我们一个个悄没声地离开，我走在最后，忍不住轻轻将门推开一道缝，往内偷窥，结果我看到他双手捂在了脸上。对于他的身高，那小木板房的屋顶实在是太低了。如果他脚下垫两三块砖，那么他的头差不多就触到屋顶了。我看得出来，他是在无声地哭，尽管我窥到的只不过是他的背影。我们当然都无法理解那是为什么，却互相告诫，以后都不许当面叫他老师了……大人们说，他活不到开春的。可春天来临了，他仍活着。我们帮他修小园子的篱笆，帮他翻地、培垄，帮他搭菜架和花架……"

"等等。"

A君缓缓地将脸转向了我。他已半天没看我一眼了，似乎只不过在自言自语。

我说："晚期癌症有时是很疼痛的。"

他说："是啊。可我们那样一些孩子，当年也不懂许多事啊，也不知道怎么心疼大人啊。我们是见到他疼痛难耐过的，某天他讲着讲着课，忽然一手捂胃，接着额上渗出汗来；再接着，弯下了他那一向笔直着的腰。那是他第一次在讲课时弯下腰去。很快他又直起腰来，说他去茅房，还不许我们离开屋子。我们只当他是忽然肚子疼了；我们也都忽然肚子疼过啊！着凉、岔气儿、吃了什么不干净的东西，都会肚子疼的呀，谁还没肚子疼过呢？他半天没回来，我们就都有点儿不安了，都出去了，见他蹲在门旁，双手握成拳，一上一下抵压着胃腹。他脸上滴落的汗，湿了鞋尖前的地面儿。我们将他搀进屋，他说他没什么，疼痛一会儿就会过去的。他撕开一袋榨菜，一条接一条全吃光了。之后倒了半碗开水，吹一口喝一口，转眼喝尽。我们当年真傻，虽然都亲眼看到了他疼痛的样子，却没有一个往癌症那方面去联想。也可以说，那时的我们，其实是很排斥他患了不治之症这一个事实的，也特别讨厌大人们判断他活不了多久的话。我们宁愿相信，他能那么干瘦干瘦地活很久，很久，等我们都长成了大人，还活着。我们已经看顺眼了他的瘦，反而都觉得，如果他不那么瘦，就不符合'咱们老师'应该怎样的条件了。

"两年半以后，他还活着。一天他对我们说，我们不可以再是他的学生了，而应该到县里去读中学。并说，他已经分别和我们的父母谈过了，我们的父母都是同意的。可我们有点儿不情愿，我们对当年的学校还是难以产生好感，长大以后都争取当上伐木工人是我们一致的想法。他却这么问我们：'一个国家的森林是有限的，有限的森林会越伐越少。到那时，国家就不需要很多伐木工了，你们该拿自己怎么办呢？'他的话，使我们都忧虑起来。见我们个个低头不语，他又夸我们全都如何如何聪明，说中国的将来，究竟会产生多少新的行业，需要多少文化高、知识广、能力棒的人才，是他难以想象到的，更是我们这样一些孩子不可能想象到的，所以我们只由着性子在年龄这么好的时候虚度时光，高兴怎样就怎样，不高兴怎样就不怎样，那是不对的。人有时候更应该明白应该怎样不应该怎样的道理。从没有人对我们说过那样的话，我们的家长也没说过。但当时他的话并没说到我们内心里去，我们也不是太理解他的话，却看得出来，他完全是为了我们好。我们心生感动，然而其实并没被说服。他的话对我们父母的影响，比对我们的影响大得多。于是我们的父母都严厉地命令我们，几天后必须跟他们到县里那所中学去。县中学的校长听说我们都没读完小学，指示要对我们进行考试，还要先亲自一个一个地面试我们。如果面试没通过，那连考也不必考了，还是再去读小学吧。我被面试过以后，在操场发现了瘦老头。我问他为什么也来了，他说他忘了让我们每人带上一袋榨菜，所以亲自给我们送来；说如果对着卷子一时发蒙，嚼一条榨菜能使心情稳定下来，还能清脑，使精力集中。他将几袋榨菜交给我，一转身蹒跚而去，为的是赶上一趟林区的小火车。校长面试过我们之后又决定，不对我们进行考试了，当即就将我们分了年级和班级。我们一一被插入初二各班，有一个还直接被插入了初三的某班。校长显得很高兴，当着几位老师的面指着我们说：'像他们这样的孩子，来多少收多少，都不必经过考试！'我们成了县中的学生以后，都得住在学校了。县城距离林场三十多里，到了林场也不等于是到了家门口，到家还得走上十来里，不住校是不行的。我们连星期日也很少回家了，因为要是搭不上便车，就得坐小火车，那年月，我们怎么会舍得花五角钱买一张车票呢？往返要花一元钱呢，根本舍不得。我们一块儿回家，是在放寒假后。到家当天，吃午饭时，我父亲一时想起地告诉我——'你们应该感谢的那个瘦老头，他死了，才几天前的事儿。'大人们虽然知道他姓张，但背后都叫他瘦老头，当面则叫他'哎你'，因为一连他的姓叫，反而不好叫了。他的政治问题使大人们都尽量避免和他接触。何况，都认为他并不真的姓张。我搁下饭碗便往外跑，挨家将小伙伴们叫上，一块儿跑到了小木板房那儿。几场大雪将小木板房的门埋住了半截，门上贴的封条已被风撕得残缺不全。我们想从窗子往里看，窗玻璃结着厚厚的霜。园子里，雪被下刺出参差不齐的搭菜架的木条和树枝。几只绒球似的麻雀在雪上蹦来蹦去……"

"环保"专家又点着一支烟。

我问："他埋在你们林区了？"

他说："不。他被火化之后，骨灰寄给了他南方的什么亲人……估计，就是往常从南方寄给他榨菜的亲人吧。这也只是我们的猜测而已。凭我们几个初中生，当年打听不清关于他的什么真实情况。也根本不知道向谁去打听……"

"那，后来你们几个……"

"'文革'一结束，我们先后都考上了大学。现在，除了我，我们中还出了两位大学教授、一位林业局副局长。还有两个成了外国人，一个在美国，一个在法国。他俩起先也在大学里任教，近年失去了联系。啊对了，现在县中的校长，也是我们中的一个。县中现在是地区的重点中学了。我早已将父母接到北京来住，在林区没亲戚。前年我回去了一次，没什么事儿，就是很想回去看看。一切都今非昔比了，大多数伐木工人都转行了，少部分伐木工人成了护林队员或育林工人。我们那个当县中校长的发小告诉我——据他后来了解，我们的恩师……他算得上是我们的恩师吧？……"

我说："当然。"

"他在五七年大鸣大放中，因为批评滥砍滥伐的现象，成了'右'派，从一所大学被扫地出门，成了一名扫街人。'文革'中，又被搜集整理了几句'反动言论'，判刑入狱。出狱后，被押送到东北进行改造。因为七十来岁了，没地方愿意改造他了，阴错阳差地，被像破麻袋似的甩弃在我们那个林场了。我们当县中校长的发小，也就了解到这么多，还不知确凿不确凿。我们恩师患的是晚期胃癌，这一点倒是可以肯定的。当年给了他一份工资，只有二十几元，仅够他吃饭活着的，哪里能挤出买药的钱呢？当年在林区，又能买到什么药呢！所以胃疼起来，也只能忍着。现在想来，榨菜是唯一能帮他每天喝得下两碗玉米面糊糊的东西。他连自己园子里收的菜都一点儿不留，证明除了榨菜和玉米面糊糊，他的胃已经不接受任何其他食物了。也许，榨菜对于他的胃，还有匪夷所思的止疼药作用吧，你认为呢？……"

我说："这我很难回答你。"

他转动着手中的半截烟，看着，语调缓慢地又说："如果真是那样，当年我们还馋他的榨菜，那可太罪过了。我的大学生活是在哈尔滨度过的，一到哈尔滨，我就到处买榨菜。可当年的哈尔滨，哪儿哪儿都买不到榨菜。直到我大三了，哈尔滨的某些副食店里才出现南方的榨菜。我一买到手，就吃零嘴儿似的吃掉了一袋儿。我们中还有一位，第一次乘飞机时，飞机上发的盒饭中有一小袋榨菜。一小袋对于他是不够的，居然厚着脸皮又向空姐要了一小袋。我们那两个在国外的同学，隔三岔五地就要跑到唐人街去吃碗榨菜面什么的，说否则胃里就像有馋虫在蠕动……你明白我为什么那么喜欢吃榨菜了吧？"

我说："明白了。"

"我们当县中校长那位，专门咨询过医生，问他那么喜欢吃榨菜，算不算一种病？你猜医生怎么回答他？"

"怎么回答？"

"医生说：'我也喜欢吃榨菜啊！只要每餐吃得清淡点儿，一天一小袋儿，多喝开水，对身体不会有什么危害的。'医生还说自己一犯烟瘾时就吃一条榨菜，竟然把烟戒了，但愿我也能那样。一位又瘦又病的高个儿老人改变了我的人生，而榨菜使我每天的日子有种别人咀嚼不出的特殊滋味……"

我的"环保"专家朋友接着又说了些什么，我已不再注意听了。似乎，他说到了贵人、缘分之类的话，还说到了哪一首歌……

但我的目光已经望向我家的一面墙壁；墙上的小相框中，镶着一幅西方肖像派油画，印刷品——米开朗琪罗的《先知耶利米》；那先知沉郁而苍老，低着头，垂着眼皮，右手撑着下巴，实际上是严严地捂住了自己的嘴。他在思想着什么事，表情苦闷而忧伤。我觉得，那先知若瘦一些，大概就有点儿像我朋友记忆中的瘦老头了吧？……

"你在想什么？"

朋友不知何时站到了我身旁。

我说没想什么。

他说："你对良知和责任怎么理解？"

我说："一回事吧？"

"一回事？难道是一回事吗？有良知只不过意味着不做坏事，有责任的人却是要大声疾呼的！在我这一行，我是有责任的人。在你那一行，你只不过还有点儿良知罢了！知道我为什么今天到你家来吗？知道我为什么向你讲那些吗？不是因为我讲述的愿望太强烈了，而是为了你！因为你我已经是朋友了，因为我觉得，你这样的作家只保留住了点儿所谓良知，却一点儿都不承担社会责任了，那是不对的！估计这年头没什么人会跟你说这种话了。你我既有缘成为朋友，那么我认为我应该成为你人生中的瘦老头！尽管我比你小七八岁！……"

我惊愕，我呆住，那一时刻我双耳失聪，听不到他接下去所说的话了。

我的眼又一次望向《先知耶利米》……

"巴顿将军"的荣耀

"就是这一只？"

"对，就是它。您瞧它多漂亮多威风啊！我能替您讨到这样一只公鸡可真费尽了心思，先是通过我的一位表妹认识了她在农村的一位堂兄……"

"得啦得啦，别啰唆了，也别炫功了！……"电影导演打断了剧务的话，围着公鸡走了一圈儿，又走了一圈儿。的确，那是一只既漂亮且威风的公鸡，正如童谣唱的——"大红冠子绿尾巴"。两只眼睛亮晶晶的，透着一股高傲的、凛然的神气。从颈至背的羽毛是黄色的，每一枚都是完美的，每一枚都镶着清晰的黑色的边，仿佛紧裹着一件黄绸滚绣黑色鳞状图案的披风。双腿笔直，对于鸡而言，尤其对于一只公鸡而言，那意味着身体健康。两只爪子像鹰爪一般擒物而起，还很干净。从腿到爪尖的角质纹不疏不密，一环环排列均匀，如同雕塑家细致地刻出来的。五十多岁的老剧务请导演来对它进行"面试"之前，为它洗了一次澡。相比为小孩儿或为猫为狗洗澡，那可不是一件容易的事，因为即使高贵如它这样的一只公鸡，一被浸到水里，也还是会惊慌失措乱扑双翅的。老剧务几次都没能给它洗成。最后逼出了一个主意，将一片安眠药捣碎拌在食里喂它吃了，趁它"不省鸡事"才洗成的。它的腿和爪子是用牙刷刷过的。在鸡和人的悠久的历史关系中，很少有鸡享受过来自人的那么煞费苦心的服务。现在，它不但漂亮，不但威风，而且简直也可以说是一只"崭新"的公鸡。现在它的药劲儿还没彻底过去，它还觉得有些眩晕，世界在它眼前还微微有些晃动不止，包括电影导演和剧务两个人。因而它有些愤怒，本能告诉它，一定是人对它搞了什么鬼。它也非常恐惧，经验告诉它，倘若人端详一只鸡，那么鸡的末日就来临了。它却只能一动不动地站立着，防范地转动着它的头，随时准备以嘴当武器，顽强自卫直至最后一刻，因为它的两只爪子被一段尼龙绳绊着。由于愤怒，由于恐惧，还由于眩晕，使它看上去敏感多疑，而且凶……

导演对它挺满意地点点头。

老剧务不失时机地掏出一沓票据，笑容可掬地说："导演，那这些……"

导演皱眉道："别找我签字，我只对艺术负责，其他的一概不管。报销的事儿归制片主任。"

老剧务愣了愣，只得讪讪地将票据揣起。

导演问："它嘴怎么回事儿？"

老剧务装糊涂："嘴？嘴嘛……那是很正常的鸡的嘴呀！"

"我问它的嘴怎么那么红？！"

导演瞪着老剧务。

"这……为它涂唇膏了……也就是，刷了遍红漆……"

老剧务惴惴不安，他怕导演冷不丁再来一句不满意的话，将这只公鸡的"演员"资格给否定了！导演对公鸡不满意，影片就明摆着不能开拍啊！公鸡在影片中的戏份儿甭提有多重了。不是主角，胜似主角啊！倘要求他另找一只比这只公鸡更出色的公鸡，那他就只有离开剧组了。中国电影不景气，对于他，上任何一部片子的机会都是难得的。他所在的电影厂已名存实亡了。他每年须交超过自己工资一倍的劳务费呀！倘交不成，下一年的工资就停发了。连续两年交不成，他退休后的养老金就不知该到哪儿领了。"改革"是冷漠的事，也是一般人们没处讲理去的事。他今年的劳务费，就指望这一只公鸡了……

导演没好气地训斥他："唇膏？鸡有唇吗？你指给我看，哪儿是鸡的唇？"

"导演，导演，您千万别生气，您听我解释……"

他赶紧赔笑脸，话也说得格外小心。

"你甭解释！我没工夫听你解释。鸡嘴太红了，弄巧成拙！想法子恢复原色。就是它了！……"

"一定，一定恢复原色！"

老剧务如释重负，咧嘴笑了。导演转身一走，他就将公鸡抱在怀里了，如当爸的抱起自己心爱的儿女。

导演扭回头望着他又说："该怎么调教，不必交代了吧？给你三天时间，三天后这只公鸡如果还进入不了角色，要么你走人，要么我走人！"

那话的意思太明白了。导演若要走，全剧组的人一定苦苦挽留，皆说"老九不能走"。而他一名剧务惭愧地离开剧组，谁会挽留他呢？他心里十分清楚这一点。

那一刻，五十多岁的这一名电影厂的老剧务，怀抱着"众里寻'它'千百度"的这一只公鸡，鼻子一酸，想哭。三十年间，他经历了中国电影由"样板戏"一枝独秀到再度繁荣再到今天的夕阳境况，感受多多，亦感慨多多。承受改革的压力，对于普通的人们，起码需要年龄的资本。因为年轻，毕竟还有预支希望的前提，而他已经五十多岁了。双腿间绊了一段尼龙绳的公鸡，将他的手啄破了……

恢复公鸡嘴的原色，已超过了他个人的能力。那是一桩接近于"仿旧"的活儿，有一定的专业技术要求。幸而制景师挺同情他的，帮他用汽油将鸡嘴"洗"了一番，未能恢复原色，反而红迹斑驳了。于是再用砂纸细细地打磨一番，于是再由制景师反复调色，自替他勾描鸡嘴。不消说，公鸡也着实被摆布得够受……

以后的三天里，对那只公鸡严格得近于残酷的训练，每天都在不懈地进行着。按照剧情的要求，那只公鸡是一个农村孩子的宠物，正如城市里的孩子有小猫小狗小鸟做宠物一样。片中要求那只公鸡做三次非鸡所能的飞翔，高度一次比一次高。最后一次是从城市的摩天大楼顶上起飞，飞过一片片楼群，飞翔着的剪影，定格在彤红的旭日中央。在片中，农村的孩子叫那只公鸡"喔喔"，而城市的孩子叫它"巴顿"……

此前已有三"位"以身殉职的"巴顿"被剧组的男人们佐酒了。

那确乎是近于残酷的训练。以身殉职的"巴顿"们无不是百里挑一择优"录取"的。训练者也就是那五十多岁的老剧务，曾企图使第一位"巴顿"站在一幢楼顶的护栏上，然后用长棍捅它起飞。但那"巴顿"又哪里肯乖乖地容他将它往护栏上放呢？它吓得紧紧勾起腿爪，双翅也像粘在身体两边似的，而且吓得撒了剧务一襟稀屎。他请别人帮着硬抻那"巴顿"的双翅，结果情急之下将它的一只翅弄折了。而那幢楼却只不过才六层，低于剧情要求高度的一半。"巴顿"第二刚一被带到楼顶上就似乎预感到了大事不妙，从人怀里扑啦啦挣飞开去。于是还没开始训练，几乎全剧组的人便都听命奔上楼顶，乱乱哄哄地演了一幕集体捉鸡的现代舞。那种兴师动众的情形，比样板芭蕾舞剧《沂蒙颂》的场面可大多了。当然不足以审美。导演一怒，一道令下，悻悻然的众人用乱砖将那只歇斯底里大发作的公鸡活活砸死。吸取前两番训练失败的教训，"巴顿"第三在楼顶被罩上了眼睛。这一招倒真的使公鸡变得特别乖。

然而乖是够乖的了，放鸽子似的朝空中一抛，那公鸡乖得连翅膀都不张开了，死鸡似的掉下去，结果就真的死了。招招失败，全剧组被动员了，人人开动脑筋，苦思冥想。最终由有智慧的人献计献策，在两幢楼之间拉了一道钢丝，特制了一个带遥控机关的木盒，将"巴顿"第四关在盒里，靠滑轮送到钢丝中间，好比武打片里动辄便用的"威亚"技巧。木盒子设计得很好，一按遥控器，盒底分开，公鸡凌空现形。并且，也着实地奋飞了一阵。正当人们在楼顶上跳跃着欢呼成功时，那公鸡没劲儿飞了，往一幢楼的阳台上落下去。那家的女主人受惊，大呼小叫。男主人拎着拖把赶到阳台上，只一下便将"巴顿"第四结果了性命，白白供给那家人做着吃了。剧组方面自知理亏，无人敢去讨个说法……

这一只公鸡，算来已是"巴顿"第五了。它有着从前相当著名的血统，中国民间将它们那一品种的鸡叫"九斤黄"。它们中最大的公鸡可长到九斤。"巴顿"第五只不过是一只两岁多点儿的公鸡，却也快长到六斤重了。鸡之对于人，吃起来还是母鸡肉嫩而香。当今时代，"成年"的公鸡是极少见的了。竟长到两岁以上，可算是特别侥幸了。它们大抵在"童子鸡"的年龄，就被变着法儿吃掉了。这一只公鸡之所以能成为"巴顿"第五，乃因养大它的那位农村小学校的校长，是一位业余的摄影爱好者。他希望拍下一张"雄鸡报晓"参加省教育系统的摄影大赛。他拍了一组，并且获得了三等奖。他觉得他获得的荣誉也有他养大的公鸡的一半，故总不忍杀，一直庇护着它的生命。直至老剧务拐弯抹角地寻找到他家，说明要高价买下的诚意，遂爽快地达成了交易。在他看来，能出现在一部电影里，对他的公鸡不啻是"鸡生"中的一次辉煌记载啊……

按说物色演员是副导演的职责。但副导演说，她只从人中选过演员，没从鸡中选过。副导演是导演的妻妹，谁都拿她没办法。任务又指派给道具员。道具员火了，说一只活公鸡算哪门子道具！他是制片主任带入剧组的人，也是惹不起的主儿。最后任务落在我们这位老剧务身上。他是托人情才进入剧组的，岂有拒不执行的道理？何况他也想证明自己的能力给全剧组看，所以做了定能胜任的愉快保证。真的完成起来才感到是那么不容易。前四次得而复失的过程，于这一个男人好比四次经历婚姻的夭折，已是身心疲惫了。"巴顿"第五对于他何等重要，其实是不言自明之事。

他不敢再在城市里调教"巴顿"第五。带着它去往郊区"单兵散练"。一次次登上废弃的水塔，一番番失败且执着地放飞。"巴顿"第五也不过只是一只公鸡，畏高惧险和前四只公鸡没什么两样。起初它本能地在空中急转身，企图落回到水塔上。落不成，两只爪子便往塔体上抓，而双翅又不能停止扑扇。那情形像悬飞的蜂鸟，看了使人感到触目惊心。爪子将风雨蚀酥了的塔体抓出一道道爪沟。

它的爪子第一天训练下来便已鲜血淋淋。剧务很是心疼它，然而再心疼也得狠下心来……

到了开拍那一天，导演问："行了吗？"

五十余岁的老剧务默默点头。

他暗自祈祷上帝保佑"巴顿"第五，也保佑他自己。

那时他忽然相信上帝肯定是存在的。

"预备！……开拍！……"

"巴顿"第五被从一幢摩天大厦的顶层放飞了。

它是世界上迄今为止唯一在那么高的空中飞过的鸡。

斯时一轮光辉灿烂的旭日冉冉东升。

"巴顿"第五奋击双翅，飞得如雄鹰一般矫健和自信。它直朝着旭日飞去。它的影子终于叠在旭日当中了，也被摄在胶片上了……

摄影师大叫："好！"

而导演竖起了拇指。

"巴顿"第五竟落在了电视塔上！它抖抖羽毛，突然朝着旭日引颈长啼——"喔喔喔！……"

导演一指摄影师："不许停机！……"

摄影师当然不会错过那么难得的画面……

谁都没注意到，五十余岁的老剧务蹲在一个角落，双手捂脸，无声地哭了……

影片获奖了。

评委们都说，片中的公鸡为影片增添了许多艺术光彩。

老剧务也获了一项"评委会特别奖"。那是他获得的唯一一次奖，也是中国诸电影奖向剧务这一行颁发的唯一一次奖。此前，剧务在任何电影奖中都决然没有获奖的先例……

如今，老剧务退休了。他累了，干不动剧务了。倘中国电影业仍繁荣着，那么他其实还想干几年的，可是……

他获得的奖项，使他具有了提前退休的资格，也使他有可能缴纳了当年的劳务和预交了下一年的劳务，最重要的是使他有资格领取退休金了……

在电影厂附近的小树林里，倘天气晴好，人们常见一个瘦小的男人，牵着一只漂亮且高傲的大公鸡散步。他叫那公鸡"将军"，叫时，语调流露着敬意……

他便是老剧务和"巴顿"第五。

戴橘色套袖的人

是的，他当然属于"环卫工人"中的一员。

但他又肯定没有北京户口，肯定不属于工薪阶层，肯定在北京并没有家。在其他城市想必也没有家。分明，他是一个中年农民。

他从哪儿来呢？他在农村的那个家，生活状况如何呢？显然是很贫穷的。可究竟会贫穷到什么程度呢？他在北京栖身于一处什么样的地方呢？他的工作能使他每月挣多少钱呢？

这些，在他活着的时候，都是我所不知道的。

我是隔着我家北屋的窗子"认识"他的。那窗对着元大都古城垣的墟址。十几米宽的小街，每日上午七点至九点是早市。公休日延至十点半。自从有了早市，古城垣那道风景便受着严重的"白色污染"了。肮脏的塑料袋儿触目皆是。一入冬季，挂满光秃秃的树枝，仿佛挂着一片片肮脏的棉团。而自从有了他，那个戴橘色套袖的人，风景才又是风景了。

我第一次隔窗望见他时，他正一动不动地蜷缩在土岗的凹处。那一天很冷，北风在小街上空呼啸。摆摊儿的小贩不多，逛早市的人也不多。两种人都穿得很厚，他却穿得挺单薄，蜷缩在那儿，怀搂着塞垃圾的麻袋，像搂着一个孩子，袖着双手。

妻说："外边太冷了。昨晚天气预报今天零下八九摄氏度呢！我不出去买早点了，把米饭热成粥，对付吃点儿算了。"

见我没话，又说："一早晨你站在窗前发的什么呆呀？"

我将妻招到身旁，指着说："你看，那人是不是已经冻死了啊？"

忽然又一阵风啸过，几只肮脏的塑料袋儿被旋上了天空。那看上去似乎已经冻死了的人活了，站了起来，仰起头望那几只在空中飘飞的塑料袋儿。风一停，塑料袋儿一落地，他便追逐了过去。他用一根一米多长的，一端尖锐的竹竿，一一插住那些肮脏的塑料袋儿，捋进麻袋里去。有几只塑料袋儿挂在很高的树枝上。他就举着竹竿，蹦起来钩，那样也没能钩下来。但他并不离去，仰望着在树下想主意，仿佛是一头企图吃到嫩叶的瘦羊。后来他登上了土岗，凭借着土岗的高度飞身一跃，凌空之际同时举着手中的竹竿。他钩下了一只塑料袋儿，自己重重地摔在地上。他连摔了几次，挂在树上的塑料袋儿全钩下来了……

我望着，心想，这人太认真了啊！进而又想，也许他只有靠他这股认真劲儿，才能较长久地保住他这份儿"职业"吧？

他很敬业地做完他该做的事儿，就又蜷缩到那凹处去了……

以后，我在写作驻笔凝思时，常不禁地隔窗望他。有时他蜷缩在那凹处晒太阳，有时不在那儿。不在时，肯定是满公园转着清除污染去了……

有一天我隔窗见他用一柄小铲子铲那凹处，直至将那凹处铲出椅背和椅座的形状……

有一天我见他捡了个纸板箱，拆开来，垫他的"椅座"，挡他的"椅背"。他坐下去试了试，似乎觉得很舒服，很满意……

有一天更冷，我见他在他的"专座"前燃了一小堆火，蹲在那儿取暖。火熄了，又在炭热中拨拨拉拉地烤红薯和鸡蛋。红薯和鸡蛋都是他捡的。小贩们常将烂了一半儿的红薯或破了壳卖不出去的鸡蛋挑出来扔到土岗上。我望见他捡过……

有一天我见几个小伙子在土岗上溜达。他们在他的"专座"那儿站住，议论些什么，接着便一齐往他的"专座"上撒尿。他们嘻嘻哈哈地离去后，他走来了。我见他伫立在他的"专座"前发呆。片刻，他捡起那些纸板，折了几折，塞进了麻袋。

那一天他铲毁他经常晒太阳的"专座"……

第二天我见在那儿的一棵大树的树干上，钉了一块纸板。纸板上歪歪扭扭地写着几个醒目的粉笔字——"比处'今只'大小便！"总共七个字错了三个字，招惹得一些逛早市的人指指点点地笑……

那一天他在我隔窗所望的视域内消失了。

那一天妻下班后，翻出了一些旧衣服，说单位又号召职工捐献了。我让她留下一件我穿过的棉大衣，打算送给那戴橘色套袖的人……

我没能将那件旧棉大衣送给他。因为一个同样是农村来的小伙子顶替了他。

我问小伙子他哪儿去了？

小伙子说他死了。

"怎么……怎么就会死了呢？……"

"他得癌症好多年了。他能活到前几天，全靠心中有个愿望撑着啊！……"

"什么……愿望？……"

"还能是什么愿望？想多带回家点儿钱，盖房子和供他小女儿上中学呗！……"

"他……一个月挣多少钱？"

"每天十元钱。少干一天，少挣一天的钱。我也是。省着吃，每月也只不过能剩一百多。和如今城市里下岗的工人一比，我们这些农村来的人，也就知足了。"

"你们，白天在这儿没有休息的地方？"

"想在哪儿歇会儿，就往哪儿一坐一缩呗！"

"你这套袖，是他戴过的？"

小伙子默默点了点头。

……

我将我那件旧棉大衣给了小伙子。

那一天，《中华读书报》的女编辑杨颖来向我约稿，不知怎的，我们谈到了"精神家园"这个话题。

我说："现在，中国的文化人们，总在那儿喋喋不休地大谈什么'精神家园'，而我，只要一从报刊上看到这四个字，非但不觉得温馨，反而如酷暑之季中寒，感到周身发冷。"

她说："你为什么会这样呢？那难道不是很时髦的话语吗？"

我说："是的，很时髦。时髦的话语，总是难免使人听出矫情的意味儿。如果'精神家园'只不过就是文人的大小书斋，'精神追求'只不过就是读经，读史，读哲，读诸子，读圣贤，吟诗自悦，行文自赏，自我尊崇，那么其实没谁进入文人的'精神家园'，做奋勇抵抗之状是可笑的。起码没人敢闯入文人的书斋，往文人的椅子上撒尿。如果'精神家园'非指文人的大小书斋，'精神追求'非指对安逸的书斋生活的过分向往和沉迷，'精神支柱'也非是'万般皆下品，唯有读书高'的意思，那么我想，许多根本不读文人爱读的那类书的人，其实也是有他们的'精神家园''精神追求'和'精神支柱'的。否则他们觉得没法儿活下去的苦闷，我想一定是远甚于文人们的。只不过他们天生不像文人们那么喜欢自我标榜地喋喋不休罢了。而还存在着不少这样的人——他们连起码的物质家园也谈不上有。他们明白读书是很好的事，但他们忧愁的是自己的儿女根本上不起学。一个患了癌症的人不得不背井离乡，只为每个月挣很少的一点儿钱寄回家乡盖房子供女儿上学，这不靠一种'精神支柱'撑持着行吗？你能说他们的所求不是追求吗？你能彻底分得清他们那一种追求究竟是精神的还是物质的吗？文人有资格在内心里暗自轻蔑和嘲笑他们的追求不如自己的追求高雅吗？所以，据我想来，文人尽可以恪守自己喜欢的生活方式，但若太过分的自我赞美，则不但矫情，而且有些讨嫌了。归根结底，文人的'家园'，也首先是物质组合的，其次才是精神质量的。这精神质量建筑在文人的'家园'的物质基础之上。这是文人心里比任何非文人的人都更清楚的。所以，我们文人别让非文人的人讨嫌。所以，我从不就文人的'精神家园'四个字写什么，实在是不愿置自己于被讨嫌的境地。"

杨颖困惑地看着我，不知我为何大发不合时宜之议论。

于是我引她至我家北屋窗前，指着元大都城垣的墟址上那曾被铲出椅状的凹处，向她讲那个我再也望不见了的，戴橘色套袖的人，敬"业"敬职地还那道风景以清洁的人……

同时我想——文人和文人的物质的以及精神的家园，若同他人的生活现状，他人的命运，他人的苦闷忧愁，他人对物质的以及精神的家园的向往与追求隔开，其实是多么简单的事啊！

简单得只消一扇单窗就够了。

这不知是文人的幸运，还是文人的不幸……

怀念赵大爷

"赵大爷不在了……"妻下班一进家门，戚戚地说。

我不禁一怔："调走了？还是不干了？"

"去世了……"

我愕然。顿时想到了宿舍区传达室门外贴的那张讣告——赵德喜同志因病医治无效，于四月十四日晚去世，终年六十岁。行文简短得不能再简短……

那天，我看见了讣告。可我怎么也没想到赵德喜是赵大爷，此前我不知他的名字。当时我驻足在讣告前，心想赵德喜是谁呢？我怎么不认识呢？

我许久说不出话，一阵悲伤袭上心头。

以后的几天里，我的心情总是好不起来……

赵大爷是我们儿童电影制片厂的勤杂工，也是长期临时工。一个一辈子没结过婚的单身汉，一个一辈子没有过家的人，只在农村有一个弟弟……

一九八八年年底，我刚调到童影，接到女作家严亭亭的信，信中嘱我一定替她问赵大爷好。她在童影修改过剧本，赵大爷给她留下了非常善良的印象。

童影的人不分男女老少，都称他赵大爷。我自然也一向称他赵大爷。那时我的父亲还在世。有次我和他打招呼，他挺郑重地对我说："可不兴这么叫了，你老父亲比我大二十来岁，在老人家面前我算晚辈呢！"我说："那我该怎么称你啊？"他说："就叫我老赵吧！"我说："那你以后也不许叫我梁老师了。"他说："那我又该怎么称你啊？"我说："叫我小梁吧。"

过后他仍称我"梁老师"，而我仍称他"赵大爷"。

儿子有次写作文，题目是《我最尊敬的一个人》。

儿子问我："爸，谁值得我尊敬啊？"

我说："怎么能没有值得你尊敬的人呢？你好好想！"儿子想了半天，终于说："赵大爷！"我问："为什么。"儿子说："赵大爷对工作最认真负责了，一年四季，每天早早起来，把咱们周围的环境打扫得干干净净。每年开春，赵大爷总给院里院外的月季花修枝、浇水。每年元旦、春节，人们晚上只管放鞭炮开心，而第二天一清早，赵大爷一个人默默地扫尽遍地的纸屑。赵大爷总在为我们干活儿……"

儿子那篇作文得了优。记得我曾想将儿子的作文拿给赵大爷看，为的是使他获得一份小小的愉悦，使他知道，一位像他那样默默地为大家尽职尽责服务的人，人们心里是会感激他的。起码，一个孩子在父亲的启发下，明白了他便是一个值得尊敬的人。可是后来我没有这么做，不是想法改变了，而是忘了。现在我好后悔，赵大爷是该得到那样一份小小的愉悦的，在他生前。

赵大爷无疑是穷人中的一个。五年多以来，我从未见他穿过一件哪怕稍微新一点儿的衣服。我给过他一些衣服，棉的、单的、毛的，却不曾见他穿。想必是自己舍不得穿，捎回农村去了吧？他不但负责清除宿舍楼七个门洞的垃圾，还要负责清除厂里的垃圾。他干的活儿不少，并且是要天天干的。哪一天不干，宿舍区和厂区的环境都会大不一样。据我所知，他每月只拿一百五十元。在今天，每月只拿一百五十元，干他天天必干的那种脏活儿，而且干得认真负责，任劳任怨的人，恐怕是太难找了！

干完他应该干的活儿，他还经常帮人修自行车。他极愿帮助别人。据我所知，他大概是个完全没有文化的人。然而在我看来，他又是一个极其文明的人，一个极其文明的穷人。我从未见他跟谁吵过架，甚至从未见他和谁大声嚷嚷过。一些所谓有知识有文化的文明人，包括我这样的，心里稍不平衡，则叫骂脱口而出。我却从未听到赵大爷口中吐出一个脏字。我完全相信，在别人高消费的比照下，穷是足以使人心灵晦暗的。然而在我看来，赵大爷的心灵是极其明澈的，似乎从没滋生过什么嫉仇或妒憎。他日复一日默默干他的活，月复一月挣他那一百五十元钱。从不窥测别人的生活，从不议论别人的日子。他从垃圾里捡出瓶子罐头盒，纸箱破鞋之类，积聚多了就卖，所得是他唯一的额外收入……

这使我养成了习惯，旧报废书，替他积聚。就在他去世前一天，我还想，又够卖点儿钱了，该拎给赵大爷了……

每逢年节，我都想着他，送包月饼，一盘饺子，一条鱼，一些水果什么的……

赵大爷，我心里是很尊敬你的啊！你穷，可是你善；你没文化，可是你文明；你虽与任何名利无缘，可是你那么敬业，敬业于扫院子、清除垃圾那一份脏活儿……

你就那么默默地走了，使我只觉得欠下了你许多……

好人赵大爷，穷人赵大爷，文明而善良的穷人赵大爷，干脏活而内心干净的赵大爷，穿破旧的衣服而受我及一家人敬爱的赵大爷，我们一家，和在传达室每日与你相处的老阿姨，将长久长久地缅怀你……

在西线的列车上

二〇〇五年十一月，我应邀与中国作家协会的几位领导，前往甘肃天水参加一次民间举办的文化活动。但我和他们乘的不是同一车次——家附近就有代理售票处，购票方便。于是我单独踏上了由北京西站始发的，晚上八点多开往西部的列车……

我已经很少乘长途列车了。

二十世纪八十年代初，我曾是前北京电影制片厂组稿组的一名编辑。陕西、甘肃、新疆都在我的组稿范围。所以那两三年内，我每年都是要乘坐几次西线的列车的；那时中国西部的农村人口，乘坐过列车的人还是很少的。成千上万西部农村人口向中国其他省份流动的现象还没出现。那时的中国，还是一个按地理区域相对凝固的中国。西部的农民如果要到外省去"讨生活"，大抵靠的还是他们的双脚。正如西部的一种民歌——"走西口"。

八十年代初曾有一篇口碑极佳的短篇小说《麦客》：描写

当年因天灾收获自家土地上的劳动成果的希望已成泡影的西部农民们，为了挣点儿钱将日子继续过下去，成群结队越省跨界，去往中原和南方帮别的省份的农民收割庄稼的经历。在西部蛮荒的山岭之间，在原本没有路而后来被一代一代走西口的中国农民们的脚踩出的蜿蜒的野路上，他们的身影连绵不绝，越聚越多，终于形成一支浩荡的不见首尾的队伍。他们甚至连行李也不带，很可能有的人的家里根本就没有什么可供他带走的行李。除了别在腰间的镰刀和挎在肩上的干粮袋，他们身上再就一无所有。那是中国农民的"长征"，不是为了革命，而是为了糊口。隔年似乎是由兰州电视台将《麦客》拍成了两集的电视剧；在北京，在我的家里，我看得热泪盈眶。记得当年我抑制不住自己的激动，还给电视台写去了一封信，祝贺他们拍出了那么优秀的现实主义风格的电视剧。

当年一个三十岁左右的青年出现在列车的卧铺车厢里，那是会引起一些好奇的目光的。因为当年并不是一切长途列车上都有软卧车厢，硬卧已是某种身份的证明。购票前要经领导批准，购票时要出示单位介绍信。故当年的我，从没觉得从北京到西部是怎样难耐的旅程。恰恰相反，在好奇的目光注视之下，我常会感到优越。自然，想到西部的"麦客"们，心里边也往往会颇觉不安地暗问自己凭什么？当年我们许多中国人的意识方式真是朴实得可爱啊！

两三年后我调到了编剧组。以后竟再没踏上过西线的列车。

屈指算来，已然二十余年了。

天水市委对文化活动极为重视，预先在电话里嘱咐——我们知道您身体不好，请您一定要乘软卧。我想到我是去西部，买了一张硬卧。

严重的颈椎病使我睡眠的适应性极差。夜里不停地辗转反侧，令下两层铺和对面三层铺的乘客深受其扰。他们抗议的方式是擂铺板、大声咳嗽或小声嘟囔些不中听的话。我猛记起旅行袋里似乎带了一贴膏药，爬起一找，果然。反手歪歪扭扭地贴到后背上；用自己的手无法贴在准确的位置，但那也总算起到了一点儿心理作用，于是不再折腾……

整个车厢我起得最早，盼着到天水。然而中午一点多钟才到。望着车窗外西部铁路沿线的风光从黎明前的黑暗之中逐渐显现得分明了，我似乎觉得那是我所乘过的车速最慢的一次列车，似乎觉得从北京到西部的途程比二十几年前远多了。列车晚点了一个半小时。然而我知道那不是使我觉得途程变远了的真正原因。真正原因是我自己变了。我早已由当年那个坐硬卧很觉得优越并且心生不安的青年，变成了一个不经常乘坐列车的人了。而中国，也变了。习惯于乘飞机的中国人与乘列车的中国人相比，尤其是与乘西线列车的中国人相比，在许多方面都发生了大的差别。每一座城市都尽量将机场建得更气派、更现代，因为它也意味着是一座城市面向国际敞开的窗口。而每一座城市的列车站，则空前地人群云集了。特殊的月份，往往满目皆是背井离乡的中国农民的身影。在大都市的机场候机厅里，一些人感受到的是一种关于中国的概念；而在某些时候，在某些城市包括大都市的列车站里，另一些人将感受到关于中国的另一些概念……

沿线西部的乡村，它们为什么一处处那么小？黄土抹墙的房舍，灰黑的鱼鳞瓦，家门前没有栅栏的平场，房舍后为数不多的苹果树或柿树；坎坡上放着几只羊的老人，在一小块一小块地里干着农活的老妪和孩子……一切仍在诉说着西部的贫困。

八月是萧瑟的季节。西部的景象裸露在萧瑟之中，如同干墨笔触勾勒在生宣纸上的绘画草图。偶见红的瓦和刷了白灰或贴了白瓷砖的墙，竟使我有眼前一亮的感觉。尽管白瓷砖贴在农家房舍的外墙体上是那么不伦不类，然而一想到有西部的农家肯花那一份钱，还是不禁有些感动。西部农民希望过上好日子的那种世代不泯的追求，像杨白劳给喜儿买了并亲手扎在女儿辫上的红头绳——父女俩自是喜悦着；看着那情形的人，倘对人世间的贫富差距还保留着点儿忧患，就会难免心生愀然……

从西部返回时，我登上了一次特别的列车。因为还要中途到广州去，故我得在咸阳下车，再去机场。

我持的是一张无座号的票，原以为注定是得在列车上站五六个小时了；却幸运得很，偏巧登上了一节空着几排座位的车厢。刚刚落座，列车已经开动。定睛扫视，发现自己置身在民工之间。手往小桌板上一放，觉得黏。细看桌板，遍布油污，显然很久没被人擦过了。于是顾惜起衣袖来，往起抬胳膊时，衣袖和桌板，业已由于油污，变得难舍难分了。于是进而顾惜衣服和裤子，往起站时，衣服和裤子也不那么情愿与座椅分开了，那座椅也显然早该有人擦擦却很久没被人擦过了。好在布袋里是有些纸的，于是取出来细细地擦。最后一张纸也用了，擦过后却依然是污黑的。这时我注意到对面有好奇的目光在默默打量我，便有几分不自然了——一个人和某些跟自己有些不一样的人置身在同一环境，他对那环境的敏感，是会令那某些人大不以为然的。对于这一点，我这个写小说的人是心中有数的。当年我是连队生产一线的知青时，甚至以同样冷的目光，默默打量过陪着首长对连队进行视察的团部或师部的机关知青。那一种冷的目光中，具有知青与知青之间的嫌恶意味。何况，在那一节车厢里，我和我周围的人们之间的关系，连大命运相同的知青们之间的关系都不是。我将一堆污黑的纸团用手绢兜着，走过车厢扔入垃圾桶，回来垂着目光又坐下了。原来这一节车厢的绝大部分座位也都有人坐着，只我坐的那地方空着两三排座位而已。座位、桌板、窗子、地面、四壁、厕所、洗漱池——那列车的一切都肮脏极了。

我将手绢铺在桌板上，取出一册杂志来看。偶一抬头，见一个站在过道里的中等身材的青年还在打量我。他脸颊消瘦，十一月份了穿得还那么少。一件 T 恤衫，外加一件摊上买的迷彩服而已。T 恤衫的领子和迷彩服的领子，都已被汗渍镶上了黑边。我并没太在意他对我的打量，垂下目光接着看手中的杂志。倏忽我抬起头来，冲那年轻的民工微微一笑。因为我第一次抬起头时，觉得他的目光并不多么冷。我想，我对一个看我时目光并不多么冷的人，理应做出友好的反应——尤其在这一节车厢里，尤其我以显然的另类的外形而存在于某些同类之间的时候。是的，他们当然是我的同类，或者反过来说也是一样。而且，还是我的同胞。而我对于他们，却分明是一个另类。我所体会的中国，那是一个概念，一个与从前的中国不能同日而语的概念；他们所体会的中国，乃是另一个概念，一个与从前的中国没什么两样的概念。

我笑后，那年轻的民工也微微一笑。果然，他的眼的深处，非但不怎么冷，还竟有几分柔情。但是，它们太忧郁了。所以，给予我无底之井一样的印象。倘他好好洗个澡，再穿上我的一身衣服，再将他蓬乱的头发剪剪、吹吹，那么，我敢肯定他是一个帅小伙子。尽管我的一身衣服实在是一身普通得很的衣服。

他说："你坐过来吧。"我回头看，身后无人。断定了他是在跟我说话。我犹豫。"你还是坐过来吧！列车从新疆开入甘肃的时候，有一个人喝醉了酒，把那几排座位吐得哪儿都是……"他始终微微地笑着，目光也始终望着我。

我早已嗅到了一股难闻的气味儿，只是不清楚发于何处罢了。他既给了我个明白，我当然不愿继续在那儿坐下去了。我起身向他走过去时，他用手指着我说："你的手绢！"

而我说："不要了。"我本打算像他一样站在过道里，但是他请我坐在他的座位上。他一路从新疆坐过来；他说他腿坐肿了，宁肯多站会儿。那儿的人们都在打扑克，没谁注意我们。他又说："我知道你是谁。我上初中的时候作文挺好的，经常受到老师的称赞。那时候我以为我将来也能……"我小声请求说："那就当你不知道我是谁，好吗？"他点了点头，又问："你看的是什么？"我说："《读者》。"我看《读者》历来被不少知识分子耻笑。他们认为真正的知识分子是不应看《读者》这么"低"层次的刊物的。但我以我的眼，在中国知识分子们认为是"高"层次的刊物上，越来越看不到对另一半中国的感受了。那另一半，才是中国的大半！并且，每每因而联想到杜甫《茅屋为秋风所破歌》中的诗句——"茅飞渡江洒江郊，高者挂罥长林梢，下者飘转沉塘坳"。挂卷长林梢，虽高，不也还是茅吗？我倒宁愿入塘坳。毕竟和泥和水在一起，可以早点儿沤烂，做大地的肥料。

年轻的民工听了我的话，点了点头。于是我们一个坐着，一个站着，聊了起来。

他说这一车次是"民工车"，也可以说是西北农民工们乘的"专列"，票价极便宜。在高峰运载季节，有时超载百分之一百几十。因为它实际上已经等于是一次民工专列了，不是民工的人们，是不太愿意乘坐这一车次的……

他说这一节车厢有人吐过，有一股难闻的气味，所以才有几排空座。说别的车厢里，没票站着的人照例很多……

忽然一阵煤灰飘飞过来，我赶紧闭上眼睛低下头去；抬起头时，身上落了一层。年轻的民工身上也落了一层黑白混杂的煤灰，他却懒得拂一下；笑笑，说车上烧水的不是电炉，仍是大煤炉，显然又有乘务员在捅火了……

他说，他心情很不好——他本在新疆打工来着，同村的人给他传了个信儿，有一个省的煤矿急需采煤工，于是他匆匆前往。去晚了就怕没有缺额了。说一个多小时以前，他透过车厢望见了他的家园——西线铁路旁的一个小小的自然村……

他说，他的父亲几年前死于矿难；几年前死一个采煤的农民工，矿主才补偿给一万多元钱。他说他没下车回家去看一看，也是因为怕见了母亲不知该怎么说；他说家里只有母亲、妹妹和爷爷。爷爷已经老得快干不动地里的活儿了；而妹妹，患着精神病……

我，竟寻找不到一句适当的话可以对这个年轻的农民工说，连一句安慰他的话也寻找不到……

"现在，死一个矿工，真的补偿给二十万吗？农民采煤工和正式的矿工，都能一律平等地补偿给二十万吗？……"

我从他的话中，听出了他对平等的极强烈的要求，以及对二十万人民币的极强烈的渴望。

"这……我不是太清楚……也许……是的吧……可是现在，

矿难发生的次数太频繁了，你最好还是不要去……非去……没有比当采煤工挣钱更多的活了吗？……"我语无伦次，反问着不是人话的话。

"还用问吗？对我们，那是肯定没有的喽！"不知何时，玩扑克的都不玩了，都在注意听我和那年轻的农民工的谈话了。"我记得有一份报上登过赔偿的数额……""一条农民采煤工的命是赔偿二十万的，这肯定没错！""你怎么能那么肯定？是法律条文吗？什么时候公布过？""不会有二十万那么高吧？现如今车祸撞死一个农民，法院一般不是才判赔偿几万吗？""那是车祸，和采煤不同。目前正是国家发展需要煤的时候，所以咱们的命也就比以往值钱多了！……""会不会一个省一个价呢？"年轻的农民工说，他和他们是一起的，都是要去同一个省的矿区。有的是打工时认识的工友，有的是在这次列车上认识的。他毫不客气地将别人拽了起来，自己坐在腾出的座位上了。接着又说："但愿我们去的地方，一条命也值二十万元……"被他拽起来的民工说："有人倒下去，那就得有人补上去，好比冲锋陷阵，得有下定决心不怕牺牲的精神！"那样子，那语气，很是光荣，还有点儿悲壮。

我听着，心里不禁联想到了两句诗——"风萧萧兮易水寒，壮士一去兮不复还！"我问："你们要去的是哪个省？"他们相互望着，交换着耐人寻味的眼色，就都不说话了。分明地，他们不愿让我知道。仿佛那是一个他们共同的福音，也是一个需要他们共同保守的大秘密。一旦为旁人所知，尤其是为我这样的旁人所知，大好的机会就会遭到破坏似的。

为了取悦于他们，我说："啊，我想起来了，有一份文件，规定了哪儿都是二十万，一律平等。"他们都很信我的话，脸上的疑虑一扫而光，就都高兴起来。这个说有文件就好，那个说平等才对。他们一高兴，对我的态度也亲近了，请我嗑瓜子，吃花生、枣子，还向我敬烟。我没吃什么，却极想吸烟，又没有烟了，便很高兴地接过了烟。一只按着打火机的手及时向我伸过来，我刚吸了一口，劣质的烟呛得我几乎咳嗽……

后来玩扑克的人接着玩扑克，那眼神忧郁的年轻农民工也不再开口了，呆呆地望着窗外想他的心事。没人理睬我了，我低下头仍看我的《读者》。

我的发小——大小儿的故事

　　大小儿是二小儿的哥哥。

　　一月底的一天上午，大约九点钟，我正打算伏案写作，听到了轻轻的敲门声。其实我已听到它响过两遍了：二十分钟前我正吃饭时听到了一遍，半小时前我正洗脸时听到了一遍。也许，在我还没起床时，门外来客也敲过门，只是我没听见罢了。由于去年厂里分房子，上下左右的楼层，都有调换住房新搬来的人家，且都正在装修。起初我将听到的两遍敲门声，当成那些人家装修时的凿砸声了……

　　我不记得我约了什么人上午光临。

　　也不到收煤气费的日子。

　　我满腹狐疑地起身去开了门，见门外站着一位穿旧皮夹克的"老小伙子"。说他是"老小伙子"，乃因他面无胡须，发色挺黑，脸上仍遗留着某种少壮时期的青春残痕。但是额头、眼角、嘴巴的几条深深的皱纹，告诉我他的实际年龄必已在四十开外。

他开口便叫我"二哥"。叫得我不禁一怔。

"你是……"

"我是大小儿呀。老卢家的大小儿！"

我依稀地认出了他是谁。立刻联想到他的弟弟二小儿半年多以前也到过我家的情形——大小儿看上去反倒比二小儿年轻些。身材看上去比他的弟弟高大些，精神面貌似乎也不像二小儿那么颓丧。他左手拎皮箱，右手拎布兜。

在我的小说《一个红卫兵的自白》中，开篇第一段就提到我家的老邻居卢叔。大小儿和二小儿，都是卢叔的儿子。卢叔还有两个女儿，一个是二小儿的姐，一个是二小儿的妹。大小儿是卢家四子女中的老大。如今老街早已拆除，老邻居们早已分散搬迁。除了我在半年前见过二小儿，已十来年没见过大小儿和卢家的两个女儿。只知二小儿和卢家的两个女儿也下过乡，卢叔和卢婶已去世……

我将大小儿请进门，待他坐定，问他是不是已敲过两遍门了？

他有些拘谨地笑笑，说他已敲过三遍门了。

我埋怨他说，你怎么不敲重点儿啊？

他又笑笑，说怕我还没醒，搅了我的觉。

二小儿在我家里也是很拘谨的。尽管我的家简陋得和一般工人的家没什么两样。他们的拘谨使我内心里多少有点儿难受，并联想到鲁迅先生在他的小说《闰土》中，描写自己多年以后回家乡见到闰土时那种复杂的心情。对鲁迅而言，当年他是少爷，闰土是佃户的穷孩子。他们自小的关系，在友好之中，也是介入了难以达到平等的或尊或卑的因素的。可是我家和卢家的关系不是那样的呀！我们两家当年都是喘息在城市底层的贫穷百姓呀！是仅仅一墙之隔的近邻呀！现在我的弟弟妹妹也都是下岗工人呀！我不过是写小说的，不是当官的。我们梁家，并没因出了我一个写小说的而改换门庭！想当年，在一个大杂院里住着的时候，他们"二哥二哥"地叫我，又是叫得多么亲啊！当年我下乡之前，经常躲在他们的父亲堆破烂儿的小棚子里翻看收来的旧报刊。而我下乡以后，每次探家，进家门一小时以后，转身就必去卢家看望卢叔卢婶。记得有一年我探家，适逢母亲和卢叔卢婶刚刚闹过矛盾，关系僵得甚至要由派出所来出面调解。起因是大小儿结婚，在他家窗前接出了一间房子，挡了我家的煤棚开不了门。我首先批评了母亲，说大小儿结婚，当然必得接出一间房子，事出无奈，实属可谅。接着去到卢家，替母亲主动说些和好的话，感动得卢叔卢婶一人拉住我一只手，不停地抖动着，连说："也不能责怪你母亲，也不能责怪你母亲！……"感动得大小儿哭了，穿上鞋便冲出家门，闯入我家，向我母亲承认他和我母亲争吵是没大没小，是很不对的……

中国底层百姓之间，当年那一种互谅互恕是多么可贵呢！

但这一种关系，似乎已由于他们当年的"二哥"成了一个写小说的人，而在质量上有所嬗变了。我猜测大小儿的到来，一定又是像二小儿的到来一样有难事相求，并且估计到了可能是哪几方面的事。也许，正因为有难事相求，大小儿二小儿在我面前才一样拘谨吧？同时想到，我除了说些体恤的话，肯定还是帮助不了什么的，而这才正是我内心里多少有点儿难受的原因。

我问："玉龙，你住下了吗？"

他连说："二哥，我住下了住下了。"

我又问："住哪儿了，看你这样子像刚下火车似的啊！"

他说："住在我弟上次来住的那个地方。我弟给我画了图。我昨天一下火车就去那儿了。"

在以上问答过程中，我的心里是很掺伪的。其实是挺怕他没住处，挺怕他要求住在我家的。倘他真的住在我家，我的写作计划肯定就被打乱了。而我正惜时如金地为某刊赶稿，这使我难免地先替自己考虑。像许多人一样，亲情正从我心中一部分一部分地流失。我常对自己说，比之其他，亲情才是最宝贵的，可当亲情妨碍其他之时，又往往无可救药地将其他看得比亲情主要。仿佛亲情是核桃，是可以长久地放置的东西。而其他是葡萄，摆在面前，必须及时吃光，否则隔夜便会烂了。而烂了又会使自己十分惋惜。当代人的所重所要，往往是最实利的东西。不知从哪一天起，我这个自认为也被认为珍视亲情的人，似乎已经变成了一个实利第一，亲情不知第几的人了；似乎已经变成了一个凡事当前，先替自己着想的人了；似乎已经变成一个在时间和精力方面，只够做与自己的实利相关的事的人了。当然，大小儿不过是老邻居的儿子。我和他之间的关系，不过是亲情中俯仰皆是的一种关系。但谁又能说这一种关系就不值得敞开襟怀真诚地予以拥抱呢？我通过一篇稿子与某刊的关系，又何尝不是写作之人寻常日子里俯仰皆是的一种关系呢？为什么两种关系并列之时，在我这儿，在我的意识里，总是后一种关系"克"前一种关系呢？我分析自己，对自己的变，每每产生厌恶。

我又说："玉龙，其实你也可以住在家里的，何必住在外边呢？"

大小儿说："还是住在外边好。住在家里，太给二哥添乱了！"

我的话很虚伪。

他的话很真诚。

他又说："二哥，没想到，你还能记住我大名！"

我说："若忘了你的大名，那还是你的二哥吗？"

其实，是由于二小儿半年前来过，他的大名才在我头脑中又成为一种较新的记忆。

他看了看我家的钟，不安地说："二哥，我走了，再待下去就影响你写作了！"说着站起，便往外走。

我一把扯住他："没关系没关系！再坐会儿。怎么能说走就走呢！"

他看了一眼我铺排在桌上的稿纸，执意要走。

"差点儿忘了。十多年没见了，也没什么好带的，只给二哥带了几只飞龙！"

他说着打开皮箱，竟是一皮箱叫飞龙的死禽。

我诧异地问："你从哪儿搞的？这可是国家保护禽类呀！"

他说："我知道二哥身体不好，特意去小兴安岭找猎户给二哥买的。"

他仅饮了几口茶，留下十只飞龙，便匆匆告辞而去。

我一上午没再动笔，不得不收拾那十只飞龙。怕发出腐味儿，不能吃了，糟蹋了他千里迢迢一片心意。我想，那是珍贵野味儿，每只怎么也得二十元。去了一趟小兴安岭，再带到北京来，还要住旅店，尽管那是一家每张床仅二十元的街道小旅店，他此行怎么也得花费五六百元。五六百元起码是哈尔滨市下岗工人三个月至四个月的工资啊！而我，他的"二哥"，又注定什么也帮不了他……

隔日是公休日，我亲自去那街道小旅店将大小儿接到家中，陪他看录像，陪他叙谈。妻在厨房里忙忙碌碌地做菜做饭。依妻之见，莫如陪大小儿到街角的小酒店吃一顿。可我想，还是在家里招待他会使他感到亲切……

我陪了他整整一下午。没料到他既不吸烟，也不喝酒。看得出是真的烟酒不沾，不是故意在我面前装的。在他这种年龄的男人中，委实是不多的。他仅小我六岁，四十二了。除了没下乡，和我一样，中国的其他什么灾难都经历过了。经历是时代的标志。许许多多贫穷百姓家长大的人，在中国的一场又一场天灾人祸中，除了学会毅忍，还往往同时学会了吸烟喝酒。大小儿烟酒不沾，可以说是一个例外。这不禁使我从内心里非常欣赏他。

吃罢饭，照了几张合影，他高高兴兴地离去了。

星期一，上午我正欲出门去厂里开会，大小儿来电话了。

他吞吞吐吐地问："二哥，我……这会儿可以来和你谈谈吗？……我打算明天回去。"

我犹豫了一下，回答他当然可以。于是诚心诚意在家里等他。"二哥，我……是为我弟弟的工作才亲自来麻烦你的……"

我说二哥心里明白。说我答应过的事，总会认真办的。说我特意为二小儿将来存身立命的问题，调动了一些社会关系，到北京郊区几个经济发展较好的农村联系过，可都遭到了婉言的拒绝。我说的是实话。

"二小儿现在干什么呢？"

"今天这儿，明天那儿，打短工呢！可他也快四十岁了，连个家还没成呢，这也不是长事儿啊！"

"是啊，是不是长事儿。他从北京回去时，我不是给他带上了几封信吗？"

"那些信都没起作用。没谁愿真帮咱们忙啊！……"

这也是我当时就估计到了的。下岗失业的工人一天比一天多的情况下，我一个写小说的人，再恳切的一封信，又能指望真起什么作用呢？当时不过是自欺欺人地给带走了一些"泡沫希望"，好比给赶集的人带了一沓假钞。

"玉龙，你可能也知道的，你三哥夫妇，还有你秀兰姐夫妇，都处在下岗半下岗之境啊！不是二哥不尽力……"

"二哥，你别说了。这件事，我也不难为你了。那么你就再写几封信，帮二小儿把住房问题解决了吧！奔四十的人了，他不能再没个自己的住处了啊！……"

"这……给哪方面的人写信呢？"

"随你便二哥！"

"怎么写呢？"

"让批给我弟一处住房。有一室就行啊！"

"可……"

"二哥，我弟那个人，自小的性格你也是知道的。他最不愿开口求人了！可他是我弟啊！所以我豁出自己的脸面，不怕你烦，亲自到北京来求你了！二哥，你可不能让我失望啊！……"

这是我这个写小说的人常遭遇的情况，也是我这个写小说的人常面临的尴尬。这种时候，只有这种时候，我每每幻想自己是大富翁，大官吏，一句话，几行字，就足以超度人于苦海之外。可我不是啊！再幻想也没意义啊！

"玉龙，你应该明白，我的信是不会起什么作用的。要不是赶上了动迁，你大娘和你三哥四哥秀兰姐他们，不是都还得挤住在耗子窝似的破房子里混日子吗？……"

"二哥，现在不同了！"

"怎么不同了？"

"现在你出名了啊！见了你的信，有些人是肯给个面子的！"

二小儿来北京找我时，也是这么认为的。只不过没明说罢了。

大小儿和二小儿，这些老百姓子弟啊！现实生活，使他们确信不疑着一个颠扑不破的逻辑：那就是只要某些官吏肯给个面子，小百姓的一切困难便会迎刃而解。他们直接求不到官吏名下，所以间接地一个继一个之后来求他们的"二哥"。仿佛"二哥"的面子，是任谁都不好意思驳的一种贵重面子似的。而他们所确信不疑的逻辑，又的的确确是生活中一个普遍的逻辑。这逻辑是连我这个整天排列组合语言的"熟练工"，也用语言推不倒的。我简直没法儿使他们明白，对于能一句话几行字就解决了他们天大困难的某些官吏，我这个写小说的"二哥"的面子，其实是一文不值的。因为在社会上，在他们心目中，我的的确确已经算是个名人了。但那是浪得虚名啊！他们不明白，所谓名人，也是分类的。有的在官吏面前很有面子；有的毫无面子，甚至恰恰是官吏们疏远和反感的。而他们的"二哥"，其实不幸正属于后者。

"玉龙，这不好，即使二哥写了，你拿着谁也见不到的……"

"二哥，这你别管！写吧写吧！只要你写了，其他是我的事儿！……"

我万般无奈，只有写。写了一封，不待他请求，又写第二封，第三封……

那些方面的官吏我一个也不认识。概以"尊敬的"某某局、某某处、某某办公室领导统称。

写罢，又一一郑重其事地盖上我的印章。同时暗想——这是何等荒唐啊！商品时代，最便宜的一套住房也要十多万元啊！无家安身之人不止二小儿一个，我一个写小说的人的一封信，凭什么就值十多万呢？我又是在扮演一个多么滑稽可笑、多么不识相的角色呢！

望着大小儿如获至宝地将那些信一一收入皮箱，我心中的难受顿增。替大小儿二小儿，也替自己。我分明又是在送给他们假钞以博济穷的好名声一样。我觉得自己类乎骗子。我暗想，大小儿啊，你们怎么还都像孩子似的呢！如果二哥体力精力充沛，其实是更愿多写一部书，用那稿费去替你们租房子的啊！小说家靠稿费是买不起商品房的。替自己也罢，替别人也罢，只能租。又暗想，这也是多么不切实际的念头啊！在我的人际关系中，应该获得我帮助的，又岂止二小儿一人！一个写小说的人，妄图靠自己的一支笔充当济世救穷、遍播慈善的人物，又是多么想入非非不自量力啊！

"二哥，多谢你了！这我就不算白来求你一次了！"

大小儿感动得不知怎么表达才好。

我说："玉龙，但愿如此吧！"

接着他就向我聊起他的工作情况，他夫妻俩同舟共济的感情，他女儿的学习，等等。

大小儿当年是卢家唯一没下乡的子女。分配在铁路上当卸货工。那是很累的重体力活儿。前几年机械化了，他被调到办公大楼当警卫，倒是不必再受累了，但是工资几乎少了一半儿，每月全加上三四百元。他说为了多挣点儿钱，他其实希望再干几年重体力活儿。他不但烟酒不沾，也不爱玩儿。在家里，他是一位典型的好丈夫，好父亲，在单位是那类从不惹是生非的好职工，在社区是安分守己的好居民。他妻子是小商店的店员，他很爱她，也很忠实于她。

"二哥，不瞒你，见过我那口子的，都对我说——你当初怎么不找个漂亮的啊？我心说，当初我家那么穷，漂亮的肯嫁给我吗？她当初不嫌我家穷，我就够感激她的了。她就够值得我一辈子爱的了！就凭咱这形象，逢年过节，穿上西服，系上领带，也还是有几分帅气的。是吧，二哥？……"

我说："是的。"

实事求是地讲，他的相貌是会讨女性喜欢的那一种。

"有些认识我的大姑娘小媳妇，对我挺有好感。这个约咱晚上看电影，那个情人节偷偷送咱个小礼物。晚上看电影的好意咱是从来不敢奉陪的。送礼物的，咱也诚心诚意谢谢人家。但咱是有老婆有女儿的男人，才不扯别的呢！咱如今能有个家，二哥你是清楚的，那多不容易呀！一天天往好了奔，太难了！可若连这个好不容易才过成现在这样儿的一个家也毁了，那不比摔碎一只碗还简单呀？她们能真瞧得上咱吗？不过一时心血来潮，想跟咱两厢情愿地玩玩罢了！有一个过日子的人，能拿家不当一回事儿，凭着自己的长相儿就陪人家玩玩感情吗？那也太对不起我那口子了吧？那我还怎么教育女儿将来有出息呢？

"有个开了几家饭馆儿的女人，寡妇，五十来岁了，听说钱可多了，几百万也不止！非让我去给她当二掌柜的。我明白她的意思，说什么也不去。朋友们知道了这件事，就嘲笑我傻。二哥你说我傻吗？我想我不傻。人家钱再多，那也是人家的。咱能冲着钱，就撇妻弃女儿，图沾人家点儿钱的光，就去做她名不正言不顺关系不清不白的男人吗？那将来会有什么好下场呢？我就是要一心一意地顾我那个只有三十几平方米的小家，永远做好丈夫，好父亲。我那口子身体不好，家务活几乎都让我抢着做了。我女儿很争气，学习一直挺好的。我辅导不了她，但可以督促她别松懈了学习的劲头呀！二哥，女儿是我将来的希望啊！现在，有些能耐的人，转眼几年就变成富人了。咱不眼红人家。各人有各人的命。咱没能耐，但咱用三代四代的时间争取过上更好的日子还不行吗？我已经比我父母那一代过的日子好了。我相信将来我女儿那一代也会比我如今的日子过得再好点儿。我才小学文化，她将来的文化程度一定比我高，怎么会过得反而不如我呢？

"二哥，我常对我女儿讲这些道理。让她明白，将来要找一个像我这样对家、对下一代负责任的丈夫，她也应该像我关心她的前途一样关心自己儿女的前途，为了自己儿女的前途，也应该像她的父母一样任劳任怨，一心一意地做奉献。国家说到二○○○年，咱们大部分中国人都能达到小康生活水平。大部分，那就不是全部呗。我常想，我得做好思想准备，到了二○○○年，我一家不在大部分之中，而属于还达到不了小康生活水平的一些人家，那我也不怨天怨地。怨又有什么用呢？那就让我的女儿去努力争取达到吧！别人在二○○○年达到了，咱家在二○二○年达到还不行吗？二○二○年，我才六十多岁嘛！还能看见我女儿赶上了好日子，还能自己赶上过几天好日子。二哥，你说我经常这么想，这么劝自己，这么给自己吃宽心丸儿，对不对？……"

我说："对……"

他又问："是不是，太没志气了？……"

我说："不是……"

"可别人总嘲笑我的想法迂腐……"

"玉龙，你的想法一点儿也不迂腐……"我早已深深地被大小儿的话感动了。

大小儿和二小儿，从小便是穷困老百姓家的孩子。长大后，一个四十多岁了，已有了自己的小家，但那小家的生活质量，几乎每一天都在中国水准的贫困线上浮动着，几乎每一天都有沉沦在那贫困线以下的巨大可能。心理和思想意识，几乎每一天都承受着那巨大可能的压迫。一个至今还没有一个自己的小家，甚至连一个起码的栖身之所一张属于自己的床也没有。而且没有稳定的工作，没有稳定的收入。而且从自己命运的明天，暂时还看不到什么希望的曙光。像这城市里的一个人人视而不见的孤魂似的。而城市本身，却在日新月异着。另外的一些人们，却在灯红酒绿着，狂歌劲舞着，追奢逐糜着，一掷千金地高消费着——你难以否定他们也会受到强烈的诱惑。但他们不偷、不抢、不肯索性变成酒鬼和赌徒，不肯堕落为歹人恶人。对社会和时代也不心怀着深仇大恨似的。他们的灵魂里，似乎有一种天生的，到任何时候，在任何情况之下也不会丧失的，对堕落和犯罪的抵抗。在这一种抵抗过程中，他们有时真是表现得像战士一样顽强啊！他们的希望，正体现在他们抵抗堕落和犯罪的顽强之中。

　　在中国的许多城市中，都有许多大小儿和二小儿这样的中国人。他们的数量，起码是比"先富起来的一部分"中国人多的。他们和许多大小儿、二小儿一样的同胞兄弟和姐妹们所朝朝日日进行的，顽强抵抗堕落和犯罪的"持久战"，谁说仅仅是他们个人的"战争"呢？起码，应算是中华民族战胜贫穷落后的"战争"的一役吧？这也是中国安定的前提之一啊！

我的感动正在于此……

第二天，大小儿走了。我要给他带上几百元钱，他却说什么也不肯接受。

一想到我为他而写的那几封信毫无意义，我心里不仅难受，而且感到些罪过了。

在大小儿，需要帮助，一个继一个之后来到北京请求于我的情况下，我竟什么也帮不上他们，再也没有比这种时候，尤其使我倍感一个写小说的人的微不足道，无能为力，和对他人的多余了！

大小儿，如果二哥的那几封煞有介事地盖了印章的信，非但无助于你和你的弟弟，反而使你受辱受奚落的话，千万要原谅二哥的并没什么面子可言啊！

相信你和二小儿，即使真的受辱受奚落了，也会以你们那仿佛天生的，顽强抵抗堕落和犯罪的胸怀，将世上的一切不公平包容的。穷也不堕落！穷也不犯罪！——大小儿、二小儿，你们也是在为一部分中国人做榜样啊！不能给予你们任何实际帮助的二哥由衷地替你们感到骄傲！

许多和你们一样的咱们中国人，也许都正在看着你们啊！

烛的泪

　　这是一条无名的短马路。在北京市区交通图上找不到它。马路左侧，一幢幢高楼比肩耸立；右侧，几乎完全被一座仓库的围墙占据。围墙一人多高，去年国庆节前，被刷成灰色。国庆节后，灰色的围墙上开始出现红的、白的、黄的油漆以各种字体书写的广告。于是围墙有点儿"浓妆艳抹"似的了。这又是一条只有一端可供行人和车辆出入的短马路。它的另一端是小河。小河载入了它的另一端。否则，它的另一端也许会伸延得很长……

　　就在它的另一端，在围墙沿河畔转角处，有一间小房子。说那是房子，实在降低了房子的标准。因为它太矮了。房盖比围墙还低。也太小了。从外看，并不比书报亭大。房盖是油毡纸的。窗上无玻璃，木条十字交叉钉着蓝塑料布。在它的旁边，是一个比它大些的棚子。棚子只有油毡纸铺的盖儿，没墙。却也不能说没墙，只不过那若算墙，也降低了墙的标准。所谓的"墙"

是用拆散的纸板箱拼凑成的。下半截拼凑得还挺严实，上半截靠各色塑料布挡风遮雨……

那"房子"里住着一对儿外地来的乡下夫妻。男人三十来岁，女人二十五六岁。他们在那棚子里为北京人弹棉花。他们已在那儿住了几年了。他们的临时居住是半合法的。因为他们每年都能办下暂住证来。这是合法的一面。马路对面的街道给他们办的。他们老实得像只会弹棉花的动物。他们一磨，街道的人心一软，每每网开一面地就给办了。但他们那"房子"和那棚子，又实属违章"建筑"，早应当拆除。所幸在路尽头，又在河边，被周围十几株树隐蔽着，一次次地蒙混过关了……

北京虽然是全国消费水平最高的城市之一，却仍有舍不得花一百多元买新被褥，而更愿花十来元钱弹软一床旧棉套的人家。这样一些百姓人家，是那一对儿乡下夫妻的"上帝"。他们有一个女儿，才两岁。在乡下。由他们的父母轮流抚养着。

春节前，他们原本打算回乡下去与亲人们团圆的。活儿积压得多，就日夜突击地弹。最后一件被人满意地取走了，竟到了四日的下午。而这一天正是除夕呀！

女人说："你什么也别管了。该收拾的我收拾。快去买晚上的火车票，咱们得争取初一这时候到家是不？"

男人表示也是这么想的。于是带着一头、一脸、一身的棉絮，匆匆地出了门。

他回来时，女人什么也没收拾。女人在床上酣睡着。那是一张旧单人床。他们给一户人家弹了两件棉套，人家用那张床抵手工钱了。单人床睡不开他们两口子，加宽了一块板，用些砖垫着。女人的睡状，像个困极了的孩子。她的头侧枕在枕上，身子伏着，手臂压在胸脯下边。她的另一只手臂垂在床下，另一条腿也垂在床下，而且，脚蹬着地，仿佛那只脚在酣睡的情况下还使着劲儿似的。显然，男人刚一走，她就那样子扑在床上了……

前几天北京寒冷，这女人感冒了。酣睡着的女人，两颊绯红。一线口水，从她半张着的嘴角流在枕上，竟已积成了一个围棋子般大的"珠子"。男人搓了搓手，想伸手去摸他女人的脸颊，看她是不是还在发烧，但他的手并没触到她的脸颊。他俯下头去，用自己的脸颊去贴女人的脸颊了。虽然外边的天气很暖和；虽然他的双手并不冷；虽然搓过了……他却仍怕自己手冷。女人的脸颊热乎乎的。女人还在发着低烧。女人睡得那么香，并没被她男人的脸颊贴醒。

男人的心里，倏忽间涌起对他女人的一种大的爱意。确切地说，那更是一种心疼。正是这女人，才使他在北京这地方，这小"房子"和这弹棉花的棚子里，坚守了几年啊！这几年里，他们除了睡觉，吃饭，就是弹棉花。他哪儿都没陪她去，她也没单独去过什么地方，更不曾请求他陪自己逛逛北京。他们之间的话语，也一天比一天少了。她最经常说的一句话是"我胳膊酸死了！"。而他最经常说的一句话是"我就不累吗？"。

但是这几年，不唯对他们自己未来的生活，对他们双方的家庭，对他们双方至亲的一些亲人，却是意义极其重大的；他们已为自己积蓄下了两万多元钱。他们靠着在北京弹棉花挣的钱，使双方的父母得以不愁衣食。而且，他们帮助过他们双方的一些穷亲戚。他们的家乡是个贫困的地方。那儿一百元钱可以使数口之家过一个月。几年多的日子里，他们已几十次地向家乡寄回过一百元了……想到这些，男人鼻子一酸，眼眶不禁有些湿了。

他蹲下去，双手轻轻托起女人的手臂，将她的手臂放到了床上，接着又那样儿将她的腿也放到了床上。他站起来，望着她犹豫片刻，小心地脱下她的两只鞋。

女人竟一直没醒。一只手臂压在胸脯下，嘴角继续淌着口水。几年来的冬天，她总穿现在穿的这一件上衣。实际上那是他的一件旧上衣。这一件粗布上衣已经快变成"绒"的了。几年里它所附着的棉絮，是水所无法洗去的了。若使之重新变成布的，非靠科技的方法用电子分离器不可了。她也和他一样，满头发满脸都是棉尘。这使她的头发和眉看上去像是灰白的，然而这乡下女人的脸却长得怪秀气的。毕竟才二十五六岁，又是少妇，女人味儿是棉尘所无法消减的……

男人不由得怀着一腔温柔的怜爱吻他的女人。他起先只不过捧起她的一只手情不自禁地亲。那是一只多么纤小的手呀！像十几岁的少女的手。却又是一只多么粗糙的手呀！手心布满茧子。那是被弹棉花的弓子磨的。五个尖尖的手指尖儿，有三个缠着胶条，那是由于指甲两边儿的皮肤开裂了。他亲着她的手的时候，这男人就心疼得流下眼泪来了。他又亲她的额角，他的眼泪滴在她脸颊上。终于，他忍不住双手捧着她的脸颊，用自己厚实的双唇严密地封闭住了他女人的嘴。女人一时喘不过气儿来，便醒了。女人睁开眼，懵懂似的仰视着他。明白他是在干什么后，推开他坐了起来。她用手背抹了一下嘴角，一条湿痕显现在她蒙了一层棉尘的脸颊上……

她说："你真烦人！"

她男人无声地笑了，眼里还含着泪光呢！

女人却没发现这一点。

"你脱了我鞋干吗呀！"——女人一边穿鞋一边说，"我怎么这么没出息呢？怎么哪儿也没收拾就睡过去了呢……"

男人说："没事儿的，一会儿我和你一块儿收拾。"

女人穿好鞋，站起来说："别一会儿，现在就收拾吧！要不该误火车了……"

男人说："今天，咱们……走不成了……"说得吞吞吐吐。

女人这才将目光望向男人的脸，自己脸上的表情顿时起了变化。

"你哭过？……"

"没……没有……"——男人掩饰地将头扭向一旁。

"你明明哭过！咱们今晚怎么走不成了？你把买票的钱丢

了是不是？你倒是说话呀！"

女人急了。

"没丢没丢！今天的票卖光了……"

"你骗我！"

女人的眼里也出现泪光了。三百多元钱对于他们是一笔大数。女人没法儿不急。

"没丢就是没丢嘛！哎，自打咱俩结婚，我什么时候骗过你呀？"

男人赶紧掏出钱给女人看。

女人放心了。女人缓缓坐在床上。失望使这年轻的乡下女人一时发呆。

"有明天的票……可我没买。明天都初一了。春节主要过的就是三十儿和初一嘛。初二下午才到家……那……我考虑来考虑去，咱俩还不如不回去了……就在北京过春节吧！咱俩还没在北京过一次春节呀……"

女人忽然双手捂脸，嘤嘤地哭了。一年十二个月，天天弹棉花，盼就盼回家过春节啊！这当女儿的女人太想她的爹娘了！这当母亲的女人太想她的女儿了！比以往任何时候都想……但，她男人的话也有一定道理呀！她除了哭泣，无话可说……

于是男人走到她跟前，将她的头连同她的上身搂在怀里，以哄孩子那一种语调说："别哭，别哭哇！几年里，咱们不就是这一个春节没能及时赶回去吗？听话别哭！再哭我可不高兴了！……"女人反而哭得更伤心了。

……

爱女人的男人，是她的泪水的"闸"。女人本能地依赖这一点。她有时候哭，也是想试试那"闸"对她的感应还灵敏不灵敏。而爱她的男人，此时的表现则尤其温柔。他抚慰她，亲吻她，替她擦眼泪……

女人不哭了以后，男人用半截铅笔在一页纸上写着什么。那看来是一项须认真对待、反复斟酌之事。他大口大口地吸着一支烟，一会儿写，一会儿画，终于"定稿"了，便抄清在另一页纸上。他将那页纸递给女人看，女人就也走到桌前，拿起铅笔划去几个姓名，添上几个姓名，更改一些姓名后的数字……

再以后，他们点了些钱，揣了那页纸，都顾不上换身衣服，双双赶往邮局。那时已经四点多了，他们怕邮局提前下班，很快地走。男人甚至还扯着女人的手跑了一段路。邮局工作人员果然已在盘点业务了，但一听说他们是要往家乡寄钱，立刻予以理解。春节，使得中国人之间格外和气了。见他们取了一沓汇款单，人家还告诉他们别急，仔细填，一定将他们的汇款单加进当天的业务里……

汇完了款，女人还想往家乡打长途电话。邮车已经开到小邮局的门口了。邮局工作人员已经往外拎邮包了。男人看了一眼收费电话，脸上显出为难的表情来。人家又说——打吧打吧，有多少话只管说，我们等。很少被这么和气这么友好地理解过，那话使夫妻俩心里暖烘烘的。

十几分钟后才终于有人接电话。当然并不是他们的亲人，而是在村部值班的一个老头儿。一听到乡音，不是亲人也是亲人了。妻子双手抖抖地紧握电话，不停地尽说尽说，总之是解释回不了家乡的原因，让老头儿代问自己的父母及亲人们好的话罢了。说到女儿时，女人又流下泪来……

离开邮局，他们走得从容了。男人低着头，脸上显出怏怏不乐的样子。经女人再三问，男人才说："打了十几元钱的电话，你光说你爸你妈和你自己了，也不替我问问我爸我妈的情况，也不替我给我爸我妈拜个年……"

女人大惭，一路赔不是。

一回到"家"里，夫妻俩就开始收拾。乡下人也保持着干干净净过春节的习惯啊！"家"是哪儿都收拾干净了，夫妻俩的脸却快变成黑人的脸了。

她说："无论如何也得洗个澡。"

他说："对！咱们也享受一次，去桑拿！"

于是妻子接着水管子里的凉水绞了把毛巾，马马虎虎地擦了擦自己的脸，也替丈夫擦了擦脸，就赶紧和丈夫出门了……

在马路对面，在那片楼群间，有洗桑拿的地方。二十五元一位。女人一听价，犹豫了。男人连考虑都不考虑，把钱交了。

女人向人家手指的门犹犹豫豫地走去时，男人跟随着。

人家大声说："嘿！那男的，你跟去干吗？男的在二楼！"

他说："我们两口子……"

人家说："两口子也不行。"

他曾听别人讲，北京有让两口子一起洗桑拿的单间，叫什么"鸳鸯间"。他之所以肯花五十元与他的女人来洗桑拿，正是为的此种享受啊！各洗各的，那还叫享受吗？那还值得花五十元吗？

"放心，你不必陪她，有人陪她。"

男人一听这话，眼睛瞪起来了。走到门前的女人，也不由得退回了一步。

人家笑了，说"女部"正有一个女人在洗着，女人陪女人，你这男人瞪的什么眼睛呀！说如果不是除夕，才不会人这么少呢！

男人也不好意思地笑了。一边往楼上迈，一边回头望他的女人。和自己的女人一起在北京洗一次桑拿，是他几年多的日子里常梦想之事啊！唉，唉，他沮丧极了……

"多大年龄了？"

"二十六。"

"没结婚吧？"

"结了。"

"那……生过孩子吗？……"

"生过了……"

于是坐在高台上的一个肥胖的女人，眼盯着坐在对面矮椅上的年轻乡下女人的身子，羡慕得啧啧连声。她被盯得不好意思，只有低垂着头。肥胖的女人下了高台，坐到她身旁，自暴自弃地喃喃："我这身子是没治了，喝凉水都长膘儿，再怎么蒸也没用。"

见她低垂着头不吱声，以为她不愿理自己，悻悻地返回到高台上坐着，以女巫发咒似的语调又说："别看你现在身子长得这么好看，过不了几年也准得发胖，兴许比我还胖哪！我有这方面的专门眼光！"她更不知说什么好了。而那肥胖的女人再次下了高台，连往炭热器上泼了几次水，热浪逼人。她觉得窒息，也敏感到对方其实开始嫌她，起身逃了出去……

男人比他的女人洗得还久。因为内心里暗觉二十五元花得亏，就一遍遍往头上用洗发液，往身上打皂。冲尽了就蒸，蒸出汗了又冲。总之，他企图将亏了的事儿变成不亏甚而占便宜的事儿……

当他换上带去的一身崭新衣服走到外边时，他几乎不敢认自己的女人了——坐在长椅上望着自己的那个女人，真的是自己的妻子吗？她头发湿漉漉的，她脸儿红扑扑的，整个人看上去水灵灵的。她的眼好明亮，仿佛她连眼睛也用香皂洗过了；她的嘴唇那么鲜润，仿佛抹了唇膏似的；她换上的新衣服使她显得更秀气了；那双半高跟的皮鞋穿在她脚上使他看着怦然心动……

在回"家"的路上，男人向女人坦白：其实除夕的列车票最好买了，但他太希望能和她在北京过一次春节了！尽管他也是那么想家乡，想父母，想女儿……

他问："我是不是做得太不对了呢？"

她叹了口气，依偎着他，有心责备，又那么不忍……

一回到"家"里，她就翻出新褥单，新被罩，新枕套，一一换上。于是他们在北京这个半合法半不合法的，寒酸简陋根本没个家样的"家"，竟也变得充满了家的温馨……

她那么做时，男人从旁看着，有几分舍不得地说："不都是要带回家乡去的吗？"

女人被问得害羞起来，微微一笑，瞟了他一眼悄声细语地说："我这不为了咱们好好儿过个春节吗？"

他们相互配合着炒了三四样菜，配合得像他们弹棉花时一样默契。男人想起过"中秋"时还剩下半瓶葡萄酒，找到了，放在桌上。女人就给他和自己各斟了一杯。他们的"家"里没电灯，电业部门不许他们擅自拉电线。他们是一对儿在北京很安分守己的乡下夫妻，几年多的日子里一直以蜡烛照明。破箱盖上的一支蜡烛快燃尽了——男人想起了什么，伸手从房顶吊着的小篮子里取出了一个报纸包儿。打开来，是一对红烛，一对比较粗的红烛。他有次花五元钱买的为着这一天，他其实早就在预谋了。

女人说："两支都点上吧。"他就将两支红烛都并列着点上了。

在两支烛光的交相辉映之下，在喝了几口酒以后，女人的脸越发显得娇俏了。男人充满爱怜地看着他的女人。就又想起他们到北京第二年夏天的一件事：那时有人主动介绍她去一家不小的饭店当服务员，说一个月可以挣五百，还管两顿饭，他们欣然同意了。一年干下来就五六千啊！有天她还穿回了饭店发给服务员的衣服裙子，让他看穿在她身上漂亮不。当然漂亮！使她的模样看上去活泼青春。可半个月后她不去了。他再三问她原因，她最后被问哭了，说一名是副经理的男人对她不怀好意。他要去打架，她跪下拖住他腿说："咱们来的时候，不是互相嘱咐了遇事要忍的吗？……"

想起这件事，男人内心里对他的女人涌起了无边无际的感激。

当中央电视台的春节晚会开始在电视里播映时，这一个男人和这一个女人早早地睡下了。

在二〇〇〇年的除夕，他们不说二〇〇〇年，因为这个话题实在与他们没有任何关系。他们也不看春节晚会的实况转播，因为他们没有电视。他们在北京的这一个临时的"家"，那一时刻静悄悄的。因为他们该弹的棉絮都弹完了，不必像往日连夜加工了。也没音乐，没相声，没歌曲，没广告介绍，没名人与主持人或名人与名人的侃侃而谈，在寂静之中，在人类已燃用了几千年之久的烛的光耀之下，只闻一个男人对他的女人喃喃喁喁的昵语以及她唇贴着他的耳对他说的话；只有一个男人对他的女人的爱在热烈地进行着，以及她柔情缠绵地奉献给他的……

忽然，一支红烛说话了："我们照耀着的是什么？"它问那一支快燃尽的烛。

"两个人。"

被问的烛"老泪纵横"，以渊博的口吻说："两个人在干什么呢？"

"在爱。"

"爱是怎么回事？"

"爱对人很重要。靠了爱，他们应付起那种叫穷困的命运就容易多了。"

"我喜欢照耀两个在爱着的人。"

另一支红烛插话了："我也是。爱看起来很美。让我们将我们的烛光接近吧，让两个在爱着的人感觉到我们对他们的祝福吧！"

于是两支红烛的光首先相互吸引，渐渐地，两个橘色的光环有一段弧"吻"在一起了。小小的空间顿时明亮许多……

那支已快燃尽的烛，在破箱盖上努力将它的烛光做最后一次腾跃，随即暗淡。

它说："我不可能继续照耀着他们的爱了，我的朋友，别了！"

　　它说完，淌下它最后的一行泪，烛光晃了几晃，越缩越小，缓缓地，灭了。

　　两支红烛的"吻"在一起的光环颤抖不已。

　　"我感激它。它告诉了我们爱。"

　　"我也是。"它们哭了，烛泪长流。

　　男人和女人自然并没听到烛们的话。在北京，在二〇〇〇年，在这间半合法半不合法的小"房子"里，在静悄悄的氛围之中，在吻合着的烛的光环的照耀之下，那男人和那女人的爱，是他们自己为自己举行的庆典……

　　是他们除夕夜至高的享受……

喷壶

在北方的这座城市，在一条老街的街角，有一间俄式小房子。它从前是美观的。也许，还曾有白色的或绿色的栅栏围着吧？夏季，栅栏上攀缠过紫色的喇叭花吗？小院儿里曾有黄色的夜来香和粉色的扫帚梅赏心悦目吗？当栅栏被霏雨淋湿的时候，窗内曾有少女因怜花而捧腮凝睇吗？冬季，曾有孩子在小院儿里堆雪人吗？……

是的。它从前确实是美观的。

但是现在它像人一样也老了。从前中国人承认自己老了，常说这样一句话："土埋半截了。"

这一间俄式小房子，几乎也被"土埋半截了"，沉陷至窗台那儿了。从前的铁瓦差不多快锈透了，这儿那儿打了许多处"补丁"。那些"补丁"是用亮锃锃的新铁皮"补"上去的，或圆形，或方形，或三角形和菱形，使房顶成为小房子现在最美观的部分，一种带有童话意味的美观。房檐下的接雨檐儿，也是用亮锃锃的新铁皮打做的。相对于未经镀亮的铁皮，那叫"白铁皮"，还叫"熟铁皮"。亮锃锃的接雨檐儿，仿佛那"土埋半截了"的"老"了的小房子扎在额上的一条银缎带。一年又一年的雨季，使小房子一侧的地面变成了赭红色。房顶的雨水通过接雨檐儿再通过垂直的流水管儿引向那儿的地面，是雨水带下来的铁锈将那儿的地面染成赭红色的……

小房子门口有一棵树，树已经死了多年了，像一只长长的手臂从地底下伸出来，叉着短而粗的"五指"，其中一"指"上，挂着一串亮锃锃的铁皮葫芦。风吹即动，发出悦耳的响声，风铃似的响声。

那小房子是一间黑白铁匠铺。那一串亮锃锃的铁皮葫芦是它的标志，也是铁匠手艺的广告。

铁匠年近五十了。按从前的说法，他正是一个"土埋半截了"的人；按现在的说法他已走在通往火葬场的半路上。一个年近五十的人，无论男女，无论贫富，无论身份高低，无论健康与否，无论是仍充满着种种野心雄心还是与世无争守穷认命地活着——有一点是完全相同的，都是"土埋半截了"的人。

这铁匠却并不守穷认命，当然他也没什么野心和雄心了。不过他仍有一个热切的可以理解的愿望——在那条老街被推平之前，能凑足一笔钱，在别的街上租一间面积稍微大一点儿的房子，继续以铁匠手艺挣钱糊口，度日维生。

铁匠明白，这条老街总有一天是要被推平的，或两年后，或三年后，也可能一年后。那条老街已老得如同城市的一道丑陋的疤。

铁匠歇手吸烟时，便从小房子里出来，靠着枯树，以忧郁的目光望向街的另一端。他并不眷恋这条街，但这条老街倘被推平了，自己可怎么办呢？小房子的产权是别人的。确切地说，它不是那幢俄式小房子本身，而只不过是背阴的一小间；朝阳的三间住着人家，门开在另一条街上……

现在城市里少见铁匠铺了，正如已少见游走木匠一样。这铁匠的另一个老同行不久前一觉不醒睡过去了。他是这座城市里唯一的没竞争对手的铁匠了。他的生意谈不上怎样的兴隆，终日做一些小锉子、小铲子、小桶、喷壶之类的而已。在塑料品比比皆是的今天，这座城市的不少人家，居然以一种怀旧似的心情青睐起他做的那些寻常东西来。他的生意的前景，很有一天好过一天的可能。

但他的目光更加忧郁了。因为总有消息传来，说这条老街就要被推平了，就要被推平了……

他却至今还没积蓄。要想在这座城市里租一间门面房，手中没几万元根本别打算……

某日，又有人出现在他的铁匠铺门前，是位七十多岁的老者。

"老人家，您做什么？"

铁匠自然是一向主动问的。因那样一位老者来他的铁匠铺前而奇怪。

"桶。"

老者西装革履。头发皆已银白，精神矍铄，气质儒雅。说时，伸手轻轻拨动了一下那串铁皮葫芦，于是铁皮葫芦发出一阵悦耳的响声。

"多大的呢？"

老者默默用手比量出了他所要的规格。

"得先交十元钱押金。"

"不。我得先看看你的手艺如何。"

"您不是已经看见了这几件样品吗？还说明不了我的手艺吗？"

"样品是样品，不能代表你没给我做出来的桶。"

"要是我做出来了，您又不要了，我不白做了吗？"

"那还有机会卖给别人。可你要做得不合我意，又不退押金给我，我能把你怎么样呢？"

铁匠不禁笑了。

他自信地说："好吧。那我就破一回例，依您老人家。"

是的，铁匠很自信。不过就是一只桶嘛。他怎么会打做出使顾主觉得不合意的桶呢？望着老者离去的背影，铁匠不无困惑地想：他要我为他做一只白铁皮的桶干什么用呢？他望见老者在街尽头上了一辆分明是等在那儿的黑色轿车……

几天后，老者又来了。

铁匠指着已做好的桶让老者看。

不料老者说："小了。"

"小了？"——铁匠顿时一急。他强调，自己是按老者当时双手比量出的大小做的。

"反正是小了。"——老者的双手比量在桶的外周说，"我要的是这么大的。"

"可……"

"别急，你用的铁皮，费的工时，我一总付给你钱就是了。"

"那，先付一半吧老人家……"

老者摇头，表情很固执。看上去显然没有商讨的余地，但也显是一言九鼎，值得信任的态度。

铁匠又依了老者。

老者再来时，对第二只桶频频点头。

"这儿，要有个洞。"

"为什么？老人家。"

"你别管，按我的要求做就是。"

铁匠吸取了教训，塞给老人一截白粉笔。老者在桶的底部画了一个圆，没说什么就走了。

老者第四次来时，"指示"铁匠为那出现了一个洞的桶做上拎手、盖和水嘴儿。铁匠这才明白，老者要他做的是一只大壶，他心里纳闷儿，一开始说清楚不就得了吗？如果一开始说清楚，那洞可以直接在铁皮上就先做好呀，那不是省事儿多了吗？

但他已不问什么了。他想这件事儿非要这样不可，对那老者来说，是一定有其理由的。

铁匠错了。老者最终要他做的，也不是一只大壶，而是一只喷壶。

喷壶做成以后，老者很久没来。

而铁匠常一边吸烟，一边望着那只大喷壶发呆发愣。往日，铁匠每每手里敲打着，口中哼唱着。自从他做成那只大喷壶以后，铁匠铺里再也没传出过他的哼唱声。

却有一个十七八岁的姑娘替老者来过一次。她将那只大喷壶仔仔细细验看了一遍，分明想要有所挑剔。但那大喷壶做得确实无可挑剔，姑娘最后不得不说了两个字——"挺好"。

"还要做九只一模一样的，一只比一只小，你肯做吗？"

铁匠目光定定地望着姑娘的脸，似乎在辨认从前的熟人，他知道那样望着对方有失礼貌，但他不由得不那样。

"你肯做还是不肯做？"

姑娘并不回避他的目光。恰恰相反，她迎视着他的目光，仿佛要和他进行一番目光与目光的较量。

"你说话呀！"

姑娘皱起眉，表情显得不耐烦了。

"我……肯做。当然肯……"

铁匠一时有点儿不知所措……

"一年后来取，你承诺一只也不卖给别人吗？"

姑娘的口吻冷冷的。

"我……承诺……"

铁匠回答时，似乎自感卑贱地低下了他的头，一副目光不知望向哪里的样子……

"钱，也要一年以后才付。"

"行，怎么都行。怎么我都愿意。"

"那么，记住今天吧。我们一年以后的今天见。"

姑娘说完，转身就走。

铁匠跟出了门……

他的脚步声使姑娘回头看他。她发现他是个瘸子。她想说什么，却只张了一下嘴，什么话都没说，一扭头快步而去。铁匠的目光也一直将姑娘的背影送至街的那一端。他也看见她坐进了轿车里，对那辆黑色的轿车他已熟悉。

铁匠的目光不但忧郁，而且，竟很有些伤感了。他转身时，碰了那串铁皮葫芦，悦耳的声音刚一响，他便用双手轻轻捂住最下面的一个，仿佛捂住一只蜻蜓或一只蝴蝶，于是整串葫芦被稳住了，悦耳的声音也就停止了……

铁匠并不放开双手。他仰起脸，望向天空。斯时正值中午，五月的太阳光色柔和，并不耀眼。他的样子，看上去像在祈雨……

后来，这铁匠就开始打做另外九只喷壶。他是那么认真，仿佛工艺家在进行工艺创造。为此他婉拒了不少主动上门的活儿。

世上有些人没结过婚，但世上每个人都是爱过的。

铁匠由于自己是瘸子至今没结婚，但在他还是一名初二的男生时就爱过了。那时的他眉清目秀。他爱上了同班一名沉默寡言、性情特别内向的女生。其实她的容貌算不上出众，也许她吸引他的美点，只不过是她那红润的双唇，像樱桃那么红润。主观的老师曾在班上不点名地批评她才是初二女生不该涂口红，她委屈得哭了。而事实证明她没涂过口红。但从此她更沉默寡言了。因为几乎全班的男生都开始注意她了，由于她像樱桃那么红润的唇。初二下学期他和她分在了同桌。起初他连看都不敢看她，他觉得她的红唇对自己具有不可抗拒的诱惑力，并且开始以审美的眼光暗自评价她的眼睛，认为她有一双会说话的眼睛。其实大多数少女的眼睛都会说话，她们眼睛的这一种"功能"要等到恋爱几次以后才渐渐"退化"，只是初二的男生不懂得这一点罢了。不久他又被她那双白皙的小手诱惑，那倒的确是一双秀美的小手，白皙得近乎透明，唯有十个迷人的指尖儿微微泛着粉红……

某一天，他终于鼓起一百二十分的勇气塞给了她一张字条，上面写满了他"少年维特之烦恼"。三十几年前中学生的早恋方式与今天没什么不同，也都是以相互塞字条开始的。但结果却往往与今天很不一样。

他首先被与自己的同桌分开了。

接着字条被在全校大会上宣读了，再接着是找家长谈话。

他的父亲——一个三十几年前的铁匠从学校回到家里，怒冲冲将他毒打了一顿，而后是写检查和保证书……

这初二男生的耻辱，直至"文革"开始以后方得以雪洗。他第一个冲上批斗台报复校长和女班主任；他对他的同桌的报复最为"文明"——在"文革"第一年的冬季，他让她拎着一只大喷壶，在校园中浇出一片滑冰场来！已经没哪个学生还有心思滑冰了，在那一个"革命风暴"凛冽的冬季。但那么多红卫兵成为他的拥护者。人性的恶被以"革命"的名义调动得天经地义、理直气壮。那个冬季真是特别寒冷啊，而他不许她戴着手套拎那把校工用来浇花的大喷壶。看着她那双秀美的白皙的小手怎样一触碰到湿了的喷壶即被冻住，他觉得为报复而狂热地表现"革命"是多么值得。谁叫她的老父亲在国外，而且是资本家呢！"红五类"对"黑五类"冷酷无情是被公认的"革命"原则啊……整个冬季她也没浇出一片足以滑冰的冰场来。

春风吹化了她浇出的那一片冰的时候，她从学校里也从他的注意力中消失了。再狂热"革命"的红卫兵也逃避不了"上山下乡"的命运。艰苦的劳动绝不像"革命"那么痛快，他永远明白了这一点，代价是成了瘸子。

返城后的一次同学聚会中，一名女同学忏悔地告诉他，其实当年不是他的同桌"出卖"了他，而是那名和她特别亲密无间的女同学。他听了并不觉得内疚，他认为都是"文革"的过错。

但是当他又听说，三十几年前，为了浇出一片滑冰场她严重冻伤的双手被齐腕锯掉了，他没法再认为都是"文革"的过错了。他的忏悔远远大于那名当年"出卖"了她也"出卖"了他的女同学。

他顶怕的事就是，有一天，一个没了双手的女人来到他的铁匠铺，欣赏着他的手艺说："有一双手多好哇！请给我打做一只铁喷壶，我要用它在冬季浇出一片滑冰场。"

现在，他知道，他顶怕的事终于发生了。尽管不是一个没了双手的女人亲自来……

每只喷壶的打做过程，都是人心的审判过程。

而在打做第十只，也就是最小的那一只喷壶时，铁锤和木槌几次敲砸在他手上。他那颗心的疤疤癞癞的数层外壳，也终于一层层地被彻底敲砸开了。他看到了他不愿承认更不愿看到的景观。自己灵魂之核的内容，人性丑陋而又邪恶的实证干瘪着，像一具打开了石棺盖因而呈现着的木乃伊。他自己最清楚，它并非来自外界，而是在自己灵魂里自生出的东西。原因是他的灵魂里自幼便缺少一种美好的养分——人性教育的养分。虽忏悔并不能抵消他所感到的战栗……

他非常想把那一只最小的喷壶打做得最美观，但是他的愿望没达到。

曾有人要买走那十只喷壶中的某几只，他不卖。

他一天天地等待着他的"赎罪日"的到来……

那条老街却在年底就被提前推平了。

他十分幸运地得到了一处门面房，而且是里、外两间，还是在一条市场街上。动迁部门告知他，因为有"贵人"关照着他。否则，他凭什么呢？休想。

他几回暗问自己——我的命中也配有"贵人"吗？

猜不出个结果，就不猜了。

这铁匠做好了一切心理准备，专执一念等待着被羞辱、被报复的那一刻。最后，竟连这一种惴惴不安的等待着的心理，也渐渐地趋于平静了。

一切事情总有个了结，他想，不至于也斩掉我的双手吧？这么一想，他又觉得自己未免庸人自扰。

他所等待的日子终于等到了。那老者却没来，那姑娘也没来。一个认识他的孩子将一封信送给了他，是他当年的同桌写给他的。她在信中这样写着：

我的老父亲一直盼望有机会见到你这个使他的女儿失去了双手的人！我的女儿懂事后也一直有同样的想法。他们的目的都达到了。他们都曾打算替女儿和母亲惩罚你。他们有足够报复你的能力。但我们这一家都是反对报复的人，所以他们反而在我的劝说之下帮助了你。因为，对我、在少女时期爱过的那个少年，我怎么也狠不下心来……

信封中还有一样东西——她当年看过他塞给她的字条后，本打算塞给他的"复信"。两页作文本上扯下来的纸，记载着一个少女当年被爱唤起的种种惊喜和幸福感。

那两页纸已发黄变脆……

它们一下子被他的双手捂在了脸上，片刻就湿透了。

在五月的阳光下，在五月的微风中，铁匠铺外那串亮锃锃的铁皮葫芦响声悦耳……

初恋杂感

我的初恋发生在北大荒。

许多读者总以为我小说中的某个女性，是我恋人的影子。那就大错特错了。她们仅是一些文学加工了的知青形象而已，是很理想化的女性。她们的存在，只证明作为一个男人，我喜爱温柔的、善良的、性格内向的、情感纯真的女性。

有位青年评论家曾著文，专门研究和探讨一批男性知青作家笔底下的女性形象，发现他们（当然包括我）倾注感情着力刻画的年轻女性，尽管千差万别，但大抵如是。我认为这是表现在一代人的情爱史上惨淡的文化现象和倾向。开朗活泼的性格，对于年轻的女性，当年太容易成为指责与批评的目标。在和时代的对抗中，最终妥协的大抵是她们自己。

文章又进一步论证，综观大多数男性作家笔下缱绻呼出的女性，似乎足以得出结论——在情爱方面，一代知青是失落的。

我认为这个结论大致是正确的。

我那个连队，有一排宿舍——破仓库改建的，东倒西歪。中间是过廊，将它一分为二。左面住男知青，右面住女知青。除了开会，互不往来。

幸而知青少，不得不混编排。劳动还往往在一块儿。既一块儿劳动，便少不了说说笑笑，却极有分寸。任谁也不敢超越。男女知青打打闹闹，是违反行为规范和道德准则的，是要受批评的。

但毕竟都是少男少女，情萌心动，在所难免。却都抑制着。对于当年的我们，政治荣誉是第一位的。情爱不知排在第几位。

星期日，倘到别人的连队去看同学，男知青可以与男知青结伴而行，不可与女知青结伴而行。为防止半路会合，偷偷结伴，实行了"批条制"——离开连队，由连长或指导员批条，到了某一连队，由某一连队的连长或指导员签字。路上时间过长，便遭讯问——哪里去了？刚刚批准了男知青，那么随后请求批条的女知青必定在两小时后才能获准。堵住一切"可乘之机"。

如上所述，我的初恋于我实在是种"幸运"，也实在是偶然降临的。

那时我是位尽职尽责的小学教师，二十三岁，已当过班长、排长，获得过"五好战士"证书，参加过"学习毛主席著作积极分子代表大会"。但没爱过。

我探家回到连队，正是九月，大宿舍修火炕，我那二尺宽的炕面被扒了，还没抹泥。我正愁无处睡，卫生所的戴医生来找我——她是黑河医校毕业的，二十七岁，在我眼中是老大姐。我的成人意识确立得很晚。

她说她回黑河结婚。她说她走之后，卫生所只剩卫生员小董一人，守着四间屋子，她有点不放心。卫生所后面就是麦场，麦场后面就是山了。她说小董自己觉得挺害怕的，最后她问我愿不愿在卫生所暂住一段日子，住到她回来。

我犹豫，顾虑重重。她说："第一，你是男的，比女的更能给小董壮壮胆。第二，你是教师，我信任。第三，这件事已跟连里请求过，连里同意。"我便打消了重重顾虑，表示愿意。那时我还没跟小董说过话。卫生所一个房间是药房（兼做戴医生和小董的卧室），一个房间是门诊室，一个房间是临时看护室（只有两个床位），第四个房间是注射室消毒室蒸馏室。四个房间都不大。我住临时看护室，每晚与小董之间隔着门诊室。

除了第一天和小董之间说过几句话，在头一个星期内，我们几乎就没交谈过，甚至没打过几次照面。因为她起得比我早，我去上课时，她已坐在药房兼她的卧室里看医药书籍了。她很爱她的工作，很有上进心，巴望着轮到她参加团卫生员集训班，毕业后由卫生员转为医生。下午，我大部分时间仍回大宿舍备课——除了病号，知青都出工去了，大宿舍里很安静。往往是晚上十点以后回卫生所睡觉。

"梁老师，回来没有？"

小董照例在她的房间里大声问。

"回来了！"

我照例在我的房间里如此回答。

"还出去吗？"

"不出去了。"

"那我插门啦？"

"插门吧。"

于是门一插上，卫生所自成一统。她不到我的房间里来，我也不到她的房间里去。

"梁老师！"

"什么事？"

"我的手表停了。现在几点了？"

"差五分十一点。你还没睡？"

"没睡。"

"干什么呢？"

"织毛衣呢！"

我清清楚楚地记得，只有那一次，我们隔着一个房间，在晚上差五分十一点的时候，大声交谈了一次。

我们似乎谁也不会主动接近谁。我的存在，不过是为她壮胆，好比一条警觉的野狗——仅仅是为她壮胆。仿佛有谁暗中监视着我们的一举一动，使我们不得接近，亦不敢贸然接近。但正是这种主要由我们双方拘谨心理营造成的并不自然的情况，反倒使我们彼此暗暗产生了最初的好感。因为那种拘谨心理，最是特定年代中一代人的特定心理。一种荒谬的道德原则规范了的行为。如果我对她表现得过于主动亲近，她则大有可能猜疑我"居心不良"。如果她对我表现得过于主动亲近，我则大有可能视她为一个轻浮的姑娘。其实我们都想接近，想交谈，想彼此了解。

小董是牡丹江市知青，在她眼里，我也属于大城市知青；在我眼里，她并不美丽，也谈不上漂亮。我并不被她的外貌吸引。

每天我起来时，炉上总是有一盆她为我热的洗脸水。接连几天，我便很过意不去。于是有天我也早早起身，想照样为她热盆洗脸水。结果我们同时走出各自的住室。她让我先洗，我让她先洗，我们都有点不好意思。

那一天中午我回到住室，见早晨没来得及叠的被子叠得整整齐齐，房间打扫过了，枕巾有人替我洗了，晾在衣绳上。窗上，还有人替我做了半截纱布窗帘，放了一瓶野花。桌上，多了一只暖瓶，两只带盖的瓷杯，都是带大红喜字的那一种。我们连队供销社只有两种暖瓶和瓷杯可卖。一种是带"语录"的，一种是带大红喜字的。

我顿觉那临时栖身的看护室，有了某种温馨的家庭气氛。甚至由于三个耀眼的大红喜字，有了某种新房的气氛。

我在地上发现了一截姑娘们用来扎短辫的曲卷着的红色塑料绳。那无疑是小董的。至今我仍不知道，那是不是她故意丢在地上的。我从没问过她。

我捡起那截塑料绳，萌生起一股年轻人的柔情。受一种莫名其妙的心理支配，我走到她的房间，当面还给她那截塑料绳。那是我第一次走入她的房间。我腼腆至极地说："是你丢的吧？"她说："是。"

我又说："谢谢你替我叠了被子，还替我洗了枕巾……"

她低下头说："那有什么可谢的……"

我发现她穿了一身草绿色的女军装——当年在知青中，那是很时髦的。还发现她穿的是一双半新的有跟的黑色皮鞋。我心如鹿撞，感到正受着一种诱惑。她轻声说："你坐会儿吧。"我说："不……"立刻转身逃走。回到自己的房间，心仍直跳，久久难以平复。晚上，卫生所关了门以后，我借口胃疼，向她讨药。趁机留下字条，写的是我希望和你谈一谈，在门诊室。我都没有勇气写"在我的房间"。一会儿，她悄悄地出现在我面前。我们也不敢开着灯谈，怕突然有人来找她看病，从外面一眼发现我们深更半夜地还待在一个房间……

黑暗中，她坐在桌子这一端，我坐在桌子那一端，东一句，西一句，不着边际地谈。从那一天起，我算多少了解了她一些：她自幼失去父母，是由哥哥抚养大的。我告诉她我也是在穷困的生活环境中长大的。她说她看得出来，因为我很少穿件新衣服。她说她脚上那双皮鞋，是下乡前她嫂子给她的，平时舍不得穿……

我给她背我平时写的一首首小诗，给她背我记在日记中的某些思想和情感片段——那本日记是从不敢被任何人发现的⋯⋯

她是我的第一个"读者"。

从那一天起，我们都觉得我们之间建立了一种亲密的关系。

她到别的连队去出夜诊，我暗暗送她，暗暗接她。如果在白天，我接到她，我们就双双爬上一座山，在山坡上坐一会儿，算是"幽会"，却不能太久，还得分路回连队。

我们相爱了，拥抱过，亲吻过，海誓山盟过，都稚气地认为，各自的心灵从此有了可靠的依托。我们都是那样被自己感动，亦被对方感动。觉得在这个大千世界之中，能够爱一个人并被一个人爱，是多么幸福多么美好！但我们都没有想到过，没有谈起过结婚以及做妻子做丈夫那么遥远的事。那仿佛的确是太遥远的未来的事。连爱都是"大逆不道"的，那种原本合情合理的想法，却好像是童话⋯⋯

爱是遮掩不住的。

后来就有了流言蜚语，我想提前搬回大宿舍，但那等于"此地无银三百两"。继续住在卫生所，我们便都得继续承受种种投射到我们身上的幸灾乐祸的目光。舆论往往更沉重地落在女性一方。

后来领导找我谈话，我矢口否认——我无论如何不能承认我爱她，更不能声明她爱我。不久她被调到了另一个连队。我因有我们小学校长的庇护，除了那次含蓄的谈话，并未受到怎样的伤害。你连替你所爱的人承受伤害的能力都没有，这真是令人难堪的事！后来，我乞求一个朋友帮忙，在两个连队间的一片树林里，又见到了她一面。那一天淅淅沥沥地下着雨，我们的衣服都湿透了。我们拥抱在一起泪流不止……

后来我调到了团宣传股，离她的连队一百多里，想再见一面更难了……

我托人给她捎过信，却没有收到过她的回信。

我以为她是想要忘掉我……

一年后我被推荐上了大学。据说我离开团里的那一天，她赶到了团里，想见我一面，因为拖拉机半路出了故障，没见着我……

一九八三年，《这是一片神奇的土地》获奖，在读者来信中，有一封竟是她写给我的！

算起来，我们相爱已是十年前的事了。

我当即给她写了封很长的信，装信封时，即发现她的信封上，根本没写地址。我奇怪了，反复看那封信。信中只写着她如今在一座矿山当医生，丈夫病故了，给她留下了两个孩子……最后发现，信纸背面还有一行字，写着——

想来你已经结婚了，所以请原谅我不给你留下通信地址。一切已经过去，保留在记忆中吧！接受我衷心的祝福！

信已写就，不寄心不甘。细辨邮戳，有"桦川县"字样。便将信寄往黑龙江桦川县卫生局，请代查卫生局可有这个人。然而空谷无音。初恋之所以令人难忘，盖因纯情耳！纯情原本与青春为伴。青春已逝，纯情也就不复存在了。如今人们都说我成熟了，自己也常这么觉得。近读青年评论家吴亮的《冥想与独白》，有一段话震撼了我——

大概我们已痛感成熟的衰老和污秽……事实上纯真早已不可复得，唯一可以自慰的是我们还未泯灭向往纯真的天性。我们丢失的何止纯真一项？我们大大地亵渎了纯真，还感慨纯真的丧失，怕的是遭受天谴——我们想得如此周到，足见我们将永远地远离纯真了。号啕大哭吧，不再纯真又渴望纯真的人！

他写的正是我这类人。

心灵的花园

　　谁不希望拥有一个小小花园？哪怕是一丈之地呢！若有，当代人定会以木栅围起。那木栅，我想也定会以个人的条件和意愿，摆弄得尽可能美观。然后在春季撒下花种，或者移栽花秧。于是，企盼着自己喜爱的花儿，日日地生长、吐蕾，在夏季里姹紫嫣红开成一片。虽在秋季里凋零却并不忧伤。仔细收下了花籽儿，待来年再种，相信花儿能开得更美……

　　真的，谁不曾怀有过这样的梦想呢？

　　都市寸土千金，地价炒得越来越高。拥有一个小小花园的希望，对寻常之辈不啻是一种奢望，一种梦想。某些副部级以上的干部，而且是老资格的，才有可能把希望变成现实。于是令寻常之人羡眼叱斜。

　　我想，其实谁都有一个小小花园，谁都是有苗圃之地的，这便是我们的内心世界。人的智力需要开发，人的内心世界也是需要开发的。人和动物的区别，除了众所周知的诸多方面，恐怕还在于人有内心世界。心不过是人的一个重要脏器，而内心世界是一种景观，它是由外部世界不断地作用于内心渐渐形成的。每个人都无比关注自己及至亲至爱之人心脏的健损，以至于稍有微疾便惶惶不可终日。但并非每个人都关注自己及至亲至爱之人的内心世界的阴晴，己所无视，遑论他人？

我常"侍弄"我心灵的苗圃。身已不健，心倘尤秽，又岂能活得好些？职业的缘故，使我惯对自己和他人的心灵予以研究。结论是心灵，亦即我所言内心世界，是与人的身体健康同样重要的。故保健专家和学者们开口必言的一句话，不仅仅是"身体健康"，而且是"身心健康"。

我爱我的儿子梁爽。他读小学，这正是一个人的内心世界开始形成的年龄。我也常教他学会如何"侍弄"他那小小心灵的苗圃。"侍弄"这个词，用在此处是很勉强的，不那么贴切，姑且借用之吧！意思无非是人的内心世界如果自己惰于拂拭，是会浮尘厚积、杂草丛生的。也许有人联系到禅家的一桩"公案"——"时时勤拂拭，莫使惹尘埃"之说的"俗"和"心中无一物，何处惹尘埃"之说的"彻悟"。

我系俗人，仅能以俗人的观念和方式教子。至于禅家乃至禅祖们的某些玄言，我一向是抱大不恭的轻慢态度的。认为除了诡辩技巧的机智，没什么真的"深奥"。现代人中，我不曾结识过一个内心完全"虚空"的。满口"虚空"，实际上内心物欲充盈、名利不忘的，倒是大有人在。何况我又不想让我的儿子将来出家，做什么云游高僧。故我对儿子首先的教诲是人的内心世界，或言人的心灵，大概是最容易招惹尘埃、沾染污垢的，"时时勤拂拭"也无济于事。心灵的清洁卫生只能是相对的，好比人居处的清洁卫生只能是相对的。而根本不拂拭，甚至不高兴别人指出尘埃和污垢，则是大不可取的态度，好比病人讳疾忌医。

一次儿子放学回到家里，进屋就说："爸爸，今天同学的红领巾被老师收去了！"

我问为什么。

儿子回答："犯错误了呗！把老师气坏了！"

那同学是他好朋友，却有些日子不到家里来玩儿了。我依稀记得他讲过，似乎老师要在他们两者之间选拔一名班干部。

我又问："你高兴？"

他怔怔地瞪着我。

我将他召至跟前，推心置腹地问："跟爸爸说实话，你是不是因此而高兴？"

他便诚实地回答："有点儿。"

我说："你学过一个词，叫'幸灾乐祸'，你能正确解释这个词吗？"

他说："别人遭到灾祸时自己心里高兴。"

我说："对。当然，红领巾被老师收去了，还算不得什么灾。但是，你心里已有了这种'幸灾乐祸'的根苗，那么你哪一天听说他生病了、住院了，甚至生命有危险了，说不定你内心里也会暗暗地高兴。"

儿子的目光告诉我，他不相信自己会那样。

我又说："为什么他的红领巾被老师收去了，你会高兴呢？让爸爸替你分析分析，你想一想对不对？——如果你们老师并不打算在你们两个之间选拔一名班干部，你倒未必幸灾乐祸。如果你心里清楚，老师最终选拔的肯定是你，你也未必幸灾乐祸。你之所以幸灾乐祸，是因为自己感到，他和你被选拔的可能性是相等的，甚至他被选拔的可能性更大些。于是你才因为他犯了错误，惹老师生气了而高兴。你觉得，这么一来，他被选拔的可能性缩小，你自己被选拔的可能性就增大了。你内心里这一种幸灾乐祸的想法，完全是由嫉妒产生的。你看，嫉妒心理多丑恶呀，它竟使人对朋友也幸灾乐祸！"

儿子低下了头。

我接着说："如果他并没犯错误，而老师最终选拔他当了班干部，你现在幸灾乐祸，就可能变成一种内心里的愤恨了。那就叫嫉妒的愤恨。人心里一旦怀有这一种嫉妒的愤恨，就会进一步干出不计后果、危害别人、危害社会的事，最后就只有自食恶果。一切怀有嫉妒的愤恨的人，最终只有那样一个下场……"

接着我给他讲了两件事——有两个女孩儿，她们原本是好朋友，又都是从小学芭蕾的。一次，老师要从她们两人中间选一个主角。其中一个，认为肯定是自己，应该是自己，可老师偏偏选了另一个。于是，她就在演出的头一天晚上，将她好朋友的舞裙，剪成了一片片。另外有两个女孩儿，是一对小杂技演员。一个是"尖子"，也就是被托举起来的。另一个是"底座"，也就将对方托举起来的。她们的演出几乎场场获得热烈的掌声。可那个"底座"不知为什么，内心里怀上了嫉妒，总是莫名其妙地觉得，掌声是为"尖子"一个人鼓的。她觉得不公平。日复一日，那一种暗暗的嫉妒，就变成了嫉妒的愤恨。她总是盼望着她的"尖子"出点儿什么不幸才好。终于有一天，她故意失手，制造了一场不幸，使她的"尖子"在演出时当场摔成重伤……

最后我对儿子讲，如果那两个因嫉妒而干伤害别人之事的女孩儿，不是小孩儿是大人，那么她们的行为就是犯罪行为了……

儿子问："大人也嫉妒吗？"

我说大人尤其嫉妒。一旦嫉妒起来尤其厉害，甚至会因嫉妒而去杀人放火，干种种坏事。也有因嫉妒太久，又没机会对被嫉妒的人下手而自杀的……

我说，凡那样的大人，皆因从小的时候开始，就让嫉妒这颗种子，在心灵里深深扎了根。他们的内心世界，不是花园，不是苗圃，而是荆棘密布的乱石岗……

儿子问："爸爸你也嫉妒过吗？"

我说我当然也嫉妒过，直到现在还时常嫉妒比自己幸运比自己优越比自己强的人。我说人嫉妒人是没有办法的事。从伟大的人到普通的人，都有嫉妒之心。没产生过嫉妒心的人是根本没有的。

儿子问："那怎么办呢？"

我说，第一，要明白嫉妒是丑恶的，是邪恶的。嫉妒和羡慕还不一样。羡慕一般不产生危害性，而嫉妒是对他人和社会具有危害性和危险性的。第二，要明白，不可能一切所谓好事，好的机会，都会理所当然地降临在你自己头上。当降临在别人头上时，你应对自己说，我的机会和幸运可能在下一次。而且，有些事情并不重要。比如，对于一个小学生来说，当上当不上班干部，并不说明什么。好好学习，才是首要的……

儿子虽然只有十几岁，但我经常同他谈心灵。不是什么谈心，而是谈心灵问题。谈嫉妒、谈仇恨、谈自卑、谈虚荣、谈善良、谈友情、谈正直、谈宽容……

不要以为那都是些大人们的话题。十几岁的孩子能懂这些方面的道理了。该懂了。而且，从我儿子来看，我认为，他们也很希望懂。我认为，这一切和人的内心世界有关的现象，将来也必和一个人幸福与否有关。我愿我的儿子将来幸福，所以我提前告诉他这些……

邻居们都很喜欢我的儿子，认为他是个"懂事"的好孩子。同学们跟他也都很友好，觉得和他在一起高兴，愉快。

我因此而高兴，而愉快。

我知道，一个心灵的小花园，"侍弄"得开始美好起来了……

我与儿子

我曾以为自己是缺少父爱情感的男人。

结婚后，我很怕过早负起父亲的责任，因为我太爱安静了。一想到我那十二平方米的家中，响起孩子的哭声，有个三四岁的男孩儿或女孩儿满地爬，我就觉得简直等于受折磨，有点儿毛骨悚然。

妻子初孕，我坚决主张"人流"。为此她倍感委屈，大哭一场——那时我刚开始热衷于写作。哭归哭，她最终妥协了。妻子第二次怀孕，我郑重地声明：三十五岁之前绝不做父亲，她不但委屈而且愤怒了，我们大吵一架——结果是我妥协了。

儿子还没出生，我早说了无穷无尽的抱怨话。倘他在母腹中就知道，说不定会不想出生了。妻临产的那些日子，我们都惴惴不安，日夜紧张。

那时，妻总在半夜三更觉得要生了。已记不清我们度过了几个不眠之夜，也记不清半夜三更，我搀扶着她去了几次医院。

马路上不见人影，从北影到积水潭医院，一往一返慢慢地小心地走，大约三小时。

每次医生都说："来早了，回家等着吧！"

妻子哭，我急，一块儿哀求。哀求也没用。

始终是那么一句话——"回家等着，没床位。"

有一夜，妻看上去很痛苦。但她咬紧牙关，一声不吭。她大概因为自己老没个准儿，觉得一次次折腾我，有点儿对不住我。可我看出的确是"刻不容缓"了——妻已不能走。我用自行车将她推到医院。

医生又训斥我："怎么这时候才来？你以为这是出门旅行，提前五分钟登上火车就行呀！"反正我要当父亲了，当然是没理可讲的事了。

妻子总算生产顺利，一个胖墩墩的儿子出世了。

而我半点喜悦也没有，只感到舒了口气，卸下了一种重负。好比一个人被按在水盆里的头，连呛几口之后，终于抬了起来……

儿子一回家，便被移交给一位老阿姨了。我和妻住办公室。一转眼就是两年。两年中我没怎么照看过儿子。待他会叫"爸爸"后，我也发自内心地喜爱过他，时时逗他玩一阵。但那从所谓潜意识来讲是很自私的——为着解闷儿。但心里总是有种积怨，因为他的出生，使我有家不能归，不得不栖息在办公室。

夏天，我们住的那幢筒子楼，周围环境肮脏。一到晚上，蚊子多得不得了。点蚊香，喷药，也是起不了多大作用的。蚊子似乎对蚊香和蚊药有了很强的抵抗力。

有一天早晨我回家吃早饭，老阿姨说："几次叫你买蚊帐，你总拖，你看孩子被叮成什么样了？你真就那么忙？"

我俯身看儿子，见儿子遍身被叮起至少三四十个包，脸肿着。可他还冲我笑，叫"爸……"，我正赶写一篇小说，突然我认识到自己太自私了。我抱起儿子落泪了……

当天我去买了一顶五十多元的尼龙蚊帐。

上海文艺出版社的编辑修晓林初次到我家，没找到我。又到了办公室，才见着我。我挺兴奋地和他谈起我正在构思的一篇小说，他打断我说："你放下笔，先回家看看你儿子吧，他发高烧呢！"

我一愣，这才想起——我已在办公室废寝忘食地写了两天。两天内吃妻子送来的饭，没回过家门。

从这些方面讲，我真不是一位好父亲。人们都说儿子是个好孩子，许多人非常喜欢他。我的生活中，已不能没有他了。我欠儿子的责任和义务太多，至今我觉得对儿子很内疚。我觉得我太自私。但正是在那一两年内，我艰难地一步步地向文坛迈进。对儿子的责任和自己的责任，于我，当年却是难以两全之事。

儿子爱画画，我从未指导过他。尽管我也曾爱画画，指导一个十几岁的孩子，那点儿基础还是够用的。

儿子爱下象棋。我给他买了一副象棋，却难得认真陪他"杀一盘"。他常常哀求："爸爸，和我杀一盘行不行啊？"结果他养成了自己和自己下象棋的习惯。

记得我有一次到幼儿园去接儿子，阿姨对我说："你还是作家呢，你儿子连'一'都写不直，回家好好儿下功夫辅导他吧！"

从那以后，我总算对儿子的作业较为关心。但要辅导他每天写完幼儿园的两页作业，差不多也得占去晚上的两个小时。而我尤视晚上的时间更为宝贵——白天难得安静，读书写作，全指望晚上的时间。

儿子曾有段时间不愿去幼儿园。每天早晨撒娇耍赖，哭哭啼啼，想留在家里。我终于弄明白，原来他不敢在幼儿园做早操。他太自卑，太难为情，以为他的动作，定是极古怪的，定会引起哄笑。

我便答应他，做早操时，到幼儿园去看他。我说话算话。他在院内做操，我在院外做操。有了我的奉陪，他的胆量壮了。

事后我问他："如果你连当众伸伸胳膊踢踢腿都不敢，将来你还敢干什么？比如看见一个小偷在公共汽车上扒人家腰包，你敢抓住他的手腕吗？"

他沉吟许久，很严肃地回答："要是小偷没带刀，我就敢。"

我笑了，先有这点胆量也行。

我又对他说："只要你认为你是对的，谁也别怕。什么也别怕！"

我希望我的儿子在这一点上将来像我一样。谁知道呢？

总而言之，我不是位尽职的父亲。儿子天天在长大，我深知对他的责任将更大了。我要学会做一位好父亲，去掉些自私，少写几篇作品，多在他身上花些精力。归根到底，我的作品，也许都微不足道。但我教育出怎样一个人交给社会，那不仅是我对儿子的责任，也是我对社会的责任。

我不希望他多么有出息——这超出我的努力及我的愿望。

当爸的感觉

尽管我的儿子早已不是儿童，而是初二的学生了。尽管我已经纯粹为了自己得以从稿债中解脱，根本不睬他的抗议，拿他做过两次文章了。我常想我若有五六个儿子就好了，便可轮番地写来，甚至可以在几个儿子之间采取小小的"重点政策"，使儿子们相互嫉妒，认为当老子的写了谁，乃是谁的殊荣。那我不是就变被动为主动了吗？无奈我只有这么一个儿子。无奈他对我的容忍度，已然放宽到连自己都十分难为情的地步了……

儿子刚刚背着行李，参加军训去了，临走前见我铺开稿纸，煞有介事地思考，犹犹豫豫地写下题目，凑过来瞟了一眼，嘲讽地说："爸，你真是个天才。从我这么一个平庸的儿子身上，你竟能发现那么多可写的素材！"

我说："儿子，我向你保证，这是最后一次！"

儿子说："别保证。用不着保证。你发誓我都不会相信！

说相声的常拿自己的'二大爷'逗哏儿，你跟相声演员们犯的是同一种职业病。我充分理解！"

我说："好儿子，谢谢。"

他说："不用谢。因为我也开始写你了，而且已经公开发表了一篇。"

我一惊，忙问："发在哪儿了？"

儿子说发在班级的墙报上了。

我这才稍稍心定，又严肃地问："都写了我些什么？为什么不先让我过过目？"

儿子说："你写我，也没先征得我的同意啊！咱俩彼此彼此。"

我一时很窘，无话可说……

半夜解题

儿子中考前的一天，刚吃过晚饭就写作业。写到十点半，还有一道几何题没解出来。我几次主动"请缨"，说儿子你要不要我和你一块儿攻下这道难题啊？几次都遭到儿子颇不耐烦的拒绝。最后我不顾他的拒绝，粗暴参与。结果正如他所料，既干扰了他的思路，也浪费了他的时间，以己昏昏，使儿子昏昏。那时快十二点了。妻说你还让不让儿子睡觉了？他明天还得上一天课呀！不像你，可以在家里睡懒觉！于是我强行收起他的作业卷，以不容争辩的命令的口吻，催促他洗漱了躺到床上去。儿子也真是困到了极点，头一挨枕便酣然入眠。而我却不再睡得着。用冷水冲了头，强打精神，继续替儿子钻研那道几何难题。半个小时后，我对陪在一旁织毛衣的妻说——老爸出马，一个顶俩，我解出来了！

博得了妻对我羡佩的一笑。

第二天儿子刚起床，我便从自己枕下摸出作业卷，大言不惭地对儿子说："这么简单的题你都不开窍？这有何难的？站到床边儿来，听老爸给你讲讲——这两个直角三角形，有两个角相等，还都有一个角是直角。三角相等，故两个三角形全等。而三角形 A 又等于三角形 B，而三角形 B 又等于……"

儿子脸上便呈现出冷笑。

我生气了，说儿子你冷笑什么？你的态度怎么这样不谦虚？

儿子说："两个锐角相等的直角三角形就全等啊？直角三角形哪儿有这么一条定理？"——于是画图使我明白，它们也有可能仅仅是相似……

我愣了半天，讷讷地说："难道……是我想象出了这么一条定理？"

儿子说："反正书上没有，老师也没教过这么一条全等直角三角形的定理。"

我羞愧难当，无地自容，躺在床上挥挥手，大赦了儿子……

我明白——我再也辅导不了儿子数理化了。从那一天起，直至永远。当年我初三下乡。当年的初三数理化教材，比如今的初二教材只低不高。我太不自量力、太无自知之明了……

自己承认了这一点，使我内心里涌起一种难言的悲哀。以后，不管他写作业到多么晚，不管他看上去多么需要一个头脑聪明的人的指点和帮助，我是再也不往他跟前凑了……

给儿子写信

按照学校的要求，我得给儿子写一封信。而且此事不能让学生知道，更不能让学生看到信。在某次活动中，信将由老师分发给每一名学生，希望以这种方式，在他们普遍十四周岁以后，带给他们每人一份儿意外的欣喜。

于是我生平第一次给我的儿子写信。

我竟不知在这一封信里该写些什么。我不愿在信中流露出我对他的体恤。因为几乎每个城市里的初二的儿女都如他一样似箭在弦，他不应格外得到体恤。我也不愿用信的方式鞭策他。因为他自己早已深知每次在分数竞争中失利，对自己都意味着一种严峻的挑战。我不愿在信中写入对他所寄的希望。我不望子成龙。事实上只祈祝他能有幸受到高等教育，而仅仅这一点已使他过早地成熟了。他的日渐成熟正是我倍感欣慰的，同时又是倍感悲哀的。刚刚十四岁就开始思考人生和忧患自己未来的命运，这太令我这个当父亲的替他感到沮丧了。我自己的少年时代就是从忧患之中度过来的。我真不愿他和当年的我一样。当年的我是因为家境贫寒，如今的他是因为变成了中国高考制度的奴仆。我极端憎恶这一种现代八股式的高考制度，但我又十分冷静地明白——此一点最是我丝毫也不能流露在字里行间的……

"爸爸，你怎么想了这么久还不写？"

儿子忽然在我背后发问。显然，他站在我背后多时了。我赶紧用一只手捂住稿纸上端——捂住"给儿子的信"一行字。

良久，我听到坐在沙发上的他说："爸，对不起，给你添麻烦了……"顿时，我眼眶有些潮了……

儿子"采访"我

儿子上个星期的一项作业是采访父母。妻上个星期几乎每天加班，不加班便上夜校。只得由我来接受"采访"，否则儿子就完不成作业。于是我和儿子之间，有了如下一次较为特别的谈话：

"你是哪一年下乡的？""这还用问？""不问我怎么清楚？""六八年。""哪一年上大学的？""七四年。""哪一年毕业的？""七七年。""你经历过坎坷吗？""经历过。""说说。""这还用说？""你不说我怎么会知道？"……

我凝视着儿子，觉得他是那样陌生。或者反过来说，他怎么对我一无所知似的？他要了解他问的那一切，是多么简单！

书架上陈列的，几乎每一部书脊上印着我名字的书，都有我的简历。从我的许多篇小说中，都能看到他老爸的身世。而他从来没有触摸过我的任何一部书一下。那些书对他仿佛根本就不存在。他从来也不曾扫视过那一格书架一眼。他甚至远不及别人家的，比如朋友或邻人的初二的儿女们对我的大致经历有所了解。

有一次我无意中偷听到他和他的几名男同学背地里如此谈论我的书：

"你爸爸可真写了不少书。"

"你别翻他的书！"

"你自己喜欢看吗？"

"我为什么要喜欢看他写的书？"

"借我一本看行吗？"

"不行！"

听来他似乎生起气来了。

"你干吗这样生气呀？他这些书迟早会过时的！"

"他这些书已经过时了！以后我也不看他的书。世界上那么多经典还看不过来呢！"

没想到，我以近二十年的精力和心血所获得的创作成果，在他眼里似乎皆是些没有什么意义的，仿佛一文不值的东西。

"你对你至今的人生满意吗？"——儿子继续"采访"我。

我回答："谈不上满意不满意。我的人生已经这样了。我习惯了。"

"假如有一件最使你高兴的事，目前而言那可能是一件什么事？"

我几乎是恶狠狠地回答："你的学习成绩又前进了五名！"

儿子目不转睛地看了我一阵，淡淡地说："我的采访结束了，就到这儿吧！"

我意识到，我深深刺伤了儿子的自尊心。正如儿子也深深刺伤过我的自尊心一样。于是我联想到了王朔的小说《我是你爸爸》。进而又想，有一个多少具有点儿精神叛逆色彩的儿子，也好。这样的一个儿子，时刻提醒让我明白，我只不过是一个初二男生的父亲。除此之外，也许什么都不是，更没有任何可得意的资本。儿子在家里教我夹起尾巴做人。

读者，如果你的儿子已经初二了，如果你是一位父亲，我想你一定会同意我的看法——和你初二的儿子交朋友并非一件容易的事。有时他似乎将你当作朋友了，其实在他内心里，你仍然只不过是他的父亲。

当爸的感觉在现代是越来越变得粗糙而暧昧了啊！

孩子和雁

在北方广袤的大地上，三月像毛头毛脚的小伙子，行色匆匆地奔过去了。几乎没带走任何东西，也几乎没留下明显的足迹。北方的三月总是这样，仿佛是为躲避某种纠缠而来，仿佛是为摆脱被牵挂的情愫而去，仿佛故意不给人留下印象。这使人联想到徐志摩的诗句"我挥一挥衣袖，不带走一片云彩"。北方的三月，天空上一向没有干净的云彩；北方的三月，"衣袖"一挥，西南风逐着西北风。然而大地还是一派融冰残雪处处覆盖的肃杀景象……

现在，四月翩跹而至了。

与三月比起来，四月像一位低调处世的长姐。其实，北方的四月只不过是温情内敛的呀。她把她对大地那份内敛而又庄重的温情，预先储存在她所拥有的每个日子里。当她的脚步似乎漫不经心地徜徉在北方的大地上，北方的大地就一处处苏醒了。大地嗅着她春意微微的气息，开始了它悄悄的一天比一天生机盎然的变化。天空上仿佛陈旧了整整一年的、三月不爱搭理的、吸灰棉团似的云彩，被四月的风一片一片地拂走了，也不知拂到哪里去了。四月吹送来了崭新的干净的云彩。那可能是四月从南方吹送来的云彩，白而且蓬软似的。又仿佛刚在南方清澈的泉水里洗过，连拧都不曾拧一下就那么松松散散地晾在北方的天空上了。除了山的背阳面，别处的雪都已经化尽了。凉沁沁亮汩汩的雪水，一汪汪地渗到泥土中去了。河流彻底地解冻了。小草从泥土中钻出来了。柳枝由脆变柔了。树梢变绿了。

还有，一队一队的雁，朝飞夕栖，也在四月里不倦地从南方飞回北方来了……

在北方的这一处大地上有一条河，每年的春季都在它折了一个直角弯的地方溢出河床，漫向两岸的草野。于是那河的两岸，在四月里形成了近乎水乡泽国的一景。那儿是北归的雁群喜欢落宿的地方。

离那条河二三里远，有个村子，一个普通人家的日子都过得很穷的村子。其中最穷的人家有一个孩子。那孩子特别聪明。那特别聪明的孩子特别爱上学。

他从六七岁起就经常到河边钓鱼。

他十四岁那一年，也就是初二的时候，有一天爸爸妈妈又愁又无奈地告诉他——因为家里穷，不能供他继续上学了……

这孩子就也愁起来。他委屈。委屈而又不知该向谁去诉说。

于是一个人到他经常去的地方，也就是那条河边去哭。不只大人们愁了、委屈了如此，孩子也往往如此。聪明的孩子和刚强的大人一样，只在别人不常去而又似乎仅属于自己的地方独自落泪。

那正是四月里某一天的傍晚。孩子哭着哭着，被一队雁自晚空徐徐滑翔下来的优美情形吸引住了目光。他想他还不如一只雁，小雁不必上学，不是也可以长成一只双翅丰满的大雁吗？他甚至想，他还不如死了的好……

当然，这聪明的孩子没轻生。

他回到家里后，对爸爸妈妈郑重地宣布：他还是要上学读书，争取将来做一个有知识有文化的人。

爸爸妈妈就责备他不懂事。

而他又说："我的学费，我要自己解决。"

爸爸妈妈认为他在说赌气话，并不把他的话放在心上。

但那一年，他却真的继续上学了。而且，学费也真的是自己解决的。

也是从那一年开始，最近的一座县城里的某些餐馆，菜单上出现了"雁"字。不是徒有其名的一道菜，而的的确确是雁肉在后厨的肉案上被切被剁，被炸被烹……

雁都是那孩子提供的。

后来《野生动物保护法》宣传到那座县城里了，唯利是图的餐馆的菜单上，不敢公然出现"雁"字了。但狡猾的店主每问悄问顾客："想换换口味儿吗？要是想，我这儿可有雁肉。"

倘若顾客反感，板起脸来加以指责，店主就嘻嘻一笑，说开句玩笑嘛，何必当真！倘若顾客闻言眉飞色舞，显出一脸馋相，便有新鲜的或冷冻的雁肉，又在后厨的肉案上被切被剁。四五月间可以吃到新鲜的，以后则只能吃到冷冻的了……

雁仍是那孩子提供的。

斯时那孩子已经考上了县里的重点高中。

他在与餐馆老板们私下交易的过程中，学会了一些他认为对他来说很必要的狡猾。

他的父母当然知道他是靠什么解决自己的学费的。他们曾私下里担心地告诫他："儿呀，那是违法的啊！"

他却说："违法的事多了。我是一名优秀学生，为解决自己的学费每年春、秋两季逮几只雁卖，法律就是追究起来，也会网开一面的。"

"但大雁不是家养的鸡鸭鹅，是天地间的灵禽，儿子你做的事罪过呀！"

"那叫我怎么办呢？我已经读到高中了。我相信我一定能考上大学，难道现在我该退学吗？"

见父母被问得哑口无言，又说："我也知道我做的事不对，但以后我会以我的方式赎罪的。"

那些与他进行过交易的餐馆老板，曾千方百计地企图从他嘴里套出"绝招"——他是如何能逮住雁的？"你没有枪。再说你送来的雁都是活的，从没有一只带枪伤的。所以你不是用枪打的，这是明摆着的事儿吧？"

"是明摆着的事儿。""对雁这东西，我也知道一点儿。如果它们在什么地方被枪打过了，哪怕一只也没死伤，那么它们第二年也不会落在同一个地方了，对不？"

"对。"

"何况，别说你没枪，全县谁家都没枪啊。但凡算支枪，都被收缴了。哪儿一响枪声，其后公安机关肯定详细调查。看来用枪打这种念头，也只能是想想罢了。"

"不错，只能是想想罢了。"

"那么用网罩行不行？"

"不行。雁多灵警啊。不等人张着网挨近它们，它们早飞了。"

"下绳套呢？"

"绳粗了雁就发现了。雁的眼很尖。绳细了，即使套住了它，它也能用嘴把绳啄断。"

"那就下铁夹子！"

"雁喜欢落在水里，铁夹子怎么设呢？碰巧夹住一只，一只惊一群，你也别打算以后再逮住雁了。"

"照你这么说就没法子了？"

"怎么没法子，我不是每年没断了送雁给你吗？"

"就是呀。讲讲，你用的是什么法子？"

"不讲。讲了怕被你学去。"

"咱们索性再做一种交易。告诉我给你五百元钱。"

"不。"

"那……一千！一千还打不动你的心吗？"

"打不动。"

"你自己说个数！"

"谁给我多少钱我也不告诉。如果我为钱告诉了贪心的人，那我不是更罪过了吗？"

他的父母也纳闷地问过，他照例不说。

后来，他自然顺利地考上了大学。而且第一志愿就被录取了——农业大学野生禽类研究专业。是他如愿以偿的专业。

再后来，他大学毕业了，没有理想的对口单位可去，便"下海从商"了。他是中国最早"下海从商"的一批大学毕业生之一。

如今，他带着他凭聪明和机遇赚得的五十三万元回到了家乡。他投资改造了那条河流，使河水在北归的雁群长久以来习惯了中途栖息的地方形成一片面积不小的人工湖。不，对北归的雁群来说，那儿已经不是它们中途栖息的地方了，而是它们乐于度夏的一处环境美好的家园了。

他在那地方立了一座碑——碑上刻的字告诉世人，从初中到高中的五年里，他为了上学，共逮住过五十三只雁，都卖给县城的餐馆被人吃掉了。

他还在那地方建了一幢木结构的简陋的"雁馆"，介绍雁的种类、习性、"集体观念"等一切关于雁的趣事和知识。在"雁馆"不怎么显眼的地方，摆着几只用铁丝编成的漏斗形状的东西。

如今，那儿已成了一处景点。去赏雁的人渐多。

每当有人参观"雁馆"，最后他总会将人们引到那几只用铁丝编成的漏斗形状的东西前，并且怀着几分罪过感坦率地告诉人们——他当年就是用那几种东西逮雁的。他说，他当年观察到，雁和别的野禽有些不同。大多数野禽，降落以后，翅膀还要张开着片刻才缓缓收拢。雁却不是那样。雁双掌降落和翅膀收拢，几乎是同时的。结果，雁的身体就很容易整个儿落入经过伪装的铁丝"漏斗"里。因为没有什么伤痛感，所以中计的雁一般不至于惶扑，雁群也不会受惊。飞了一天精疲力竭的雁，往往将头朝翅下一插，怀着几分奇怪大意地睡去。但它第二天可就伸展不开翅膀了，只能被雁群忽视地遗弃，继而乖乖就擒……

之后，他又总会这么补充一句："我希望人的聪明，尤其一个孩子的聪明，不再被贫穷逼得朝这方面发展。"

那时，人们望着他的目光里，便都有着宽恕了……

在四月或十月，在清晨或傍晚，在北方大地上这处景色苍野透着旖旎的地方，常有同一个身影久久伫立于天地之间，仰望长空，看雁队飞来翔去，听雁鸣阵阵入耳，并情不自禁地吟他所喜欢的两句诗："风翻白浪花千片，雁点青天字一行。"

这便是当年那个孩子了。

人们都传说——他将会一辈子驻守那地方的……

狍子的眼睛

狍子当归属于鹿的一种。比麝和獐略大，比鹿略小。由于它不像鹿和麝一样，鹿有珍贵的鹿茸、鹿心血，麝香可入药；甚至连它的皮也不像獐的皮一样可制成细软的皮革，所以它无幸列入动物的受保护"名单"。一向被人认为既没什么观赏价值，也没什么经济价值。人养火鸡、鸵鸟、狐、貂，也养山雉和野兔，就是不养狍。

所以狍似乎是动物中的劣种，是山林中的"活动罐头"，任谁都可以设套子套它，或用猎枪射杀它。

东北山林中的鄂伦春人，以狍为主要的猎捕之物。他们吃狍肉如我们汉人吃猪肉一样寻常。他们从头到脚穿的、铺的、盖的，几乎全是狍皮制品。狍皮虽然不属珍皮，而且非常容易掉毛，却有一大优点——阻隔寒潮。鄂伦春猎人在山林中野宿，往往于雪地上铺开三边缝合了的狍皮睡袋，脱光衣服钻进去，只将戴着狍皮帽子的头露在外，连铺带盖都是它了。哪怕雪下三十几摄氏度的严寒，睡袋内也一夜暖乎乎的。

当年我是知青，在一师一团，地处最北边陲，每月享受九元"寒带地区津贴"。连队三五里外是小山，十几里外是大山。鄂族猎人常经过我们连，冬季上山，春季下山。连里的老职工、老战士，向鄂族学习，成为出色猎人的不少。当年中国人互比生活水平，论几"大件儿"。连里老职工、老战士的目标是"四大件儿"——自行车、缝纫机、收音机，加一支双筒猎枪。三四年后，仅我们一个连一百多名知青中，就有半数铺上了狍皮褥子。或向鄂族猎人买的，或向本连老职工、老战士买的。全团七个营四十余个连，往最少了估计，那些年究竟有多少只狍子丧生枪下，可想而知。新狍皮，小的十五元，大的二十元，更大的，也有二十五元一张的，最贵不超过三十元。

"北大荒"的野生动物中，野雉多，狍子也多，所以有"棒打狍子瓢舀鱼，野雉飞到饭锅里"的夸张说法。

狍天生是那种反应不够灵敏的动物，故人叫它们"傻狍子"。人觉得人傻，在当地也这么说："瞧他吧，傻狍子似的！"

狍的确傻。再傻，它见了人还能不跑吗？当然也跑。但它没跑出去多远却会站住，还会扭回头望人，仿佛在想——我跑个什么劲儿呢？那人不一定打算伤害我吧？——往往就在它望着人发愣之际，砰！猎枪响了……

被猎枪射杀的狍子中，半数左右是这么死的。死得糊涂，死得傻，死得大意。

狍真的很傻，少见那么傻的野生动物。

夜晚，一辆汽车在公路或山路上开着，而一只狍要过路。车灯照住狍，狍就站定在路中央不动了。它似乎想弄明白是怎么回事，为什么那么亮的一片光会照住它？……司机一提速，狍被撞死了……

我是知青的六年间，每年都听说几次汽车撞死狍子的事。卡车撞死过狍子，吉普也撞死过狍子。还目睹过两次这样的事，不但汽车撞死过狍子，连拖拉机也撞死过狍子。当年老旧的一批"东方红"链履式拖拉机，即使挂到最高速五挡，那又能快到哪儿去呢？但架不住傻狍子愣是站定在光中不跑哇……

狍的样子其实一点儿都不傻。非但看上去并不傻，长得还很秀气。知道鹿长得什么样儿，就想象得到狍长得多么秀气了。狍的耳朵比鹿长一些，眼睛比鹿的眼睛还大。公狍也生角，却不会长到鹿角那么高，也不会分出鹿角那么多的叉儿，一般只分两叉儿。狍不会碎步跑，只会奔跃，但绝不会像鹿奔得那么快，也不会像鹿跃得那么远。狍虽是野生动物，但又显然太缺乏"野外运动"的锻炼。

狍，傻在它那一双大眼睛。

狍的眼中，尤其母狍的眼中，总有那么一种犹犹豫豫、懵懂不知所措的意味。我这里将狍的眼神儿作一比，仿佛虽到了谈论婚嫁的年龄，却仍那么缺乏待人接物的经验，每每陷于窘状的大姑娘的眼神儿。这样的大姑娘从前的时代是很有一些的，现在不多了。狍发现了人，并不立即就逃。它引颈昂头，凝视着人。也许凝视几秒钟，也许凝视半分钟甚至一分钟之久。要看它在什么情况之下发现了人，以及是什么样的人，人在干什么。狍对老人、小孩儿和女人，戒心尤其不足。

我在连队当小学老师的两年中，有一天带领学生们捡麦穗儿，冷不丁地从麦捆后站起了一只狍子。它大概在那儿卧着晒太阳来着。一名女学生，离那只狍仅数步远。它没跑，凝视着她。她也凝视着它，蹲在地上，手中抓着把麦穗儿，一动也不动。别的同学就喊："扑它！扑它呀！"她仿佛聋了，仍一动也不动。于是发喊的同学们就围向它，纷纷将手中装麦穗的小筐小篮掷向它。当时，这些孩子手中除了小筐小篮，也没另外的任何器物。有的筐篮，还真就准确地掷在狍身上了。当然，并不能使狍受伤。它这才跑。它一慌，非但没向远处跑，反而朝同学们跑来，结果陷于包剿。左冲右突了一阵，才得以向远处逃脱……

别的同学就都埋怨那女同学："你怎么比狍子还傻？怎么不扑它呀？"

她说："我光顾看它眼睛了，它的眼睛可真好看！"

后来，她把这件事写到作文中了，用尽她所掌握的词汇，着实地将狍的眼睛形容了一番。她觉得狍的眼睛像"心眼儿特实诚的大姑娘的眼睛"。我今天也这么在此形容，坦率地讲，是抄袭我当年的学生。

小学校的校长是转业兵，姓魏，待我如兄弟。他是连队出色的猎手之一。冬季的一天，我随他进山打猎。我们在雪地上发现了两行狍的蹄印。他俯身细看了片刻，很有把握地说肯定是一大一小。顺踪追去，果然看到了一大一小两只狍。体形小些的狍，在我们的追赶下显得格外灵巧。它分明地企图将我们的视线吸引到它自己身上。雪深，人追不快，狍也跑不快。看着那只大狍跑不动了，我们也终于追到猎枪的射程以内了，魏老师的猎枪也举平瞄准了，那体形小些的狍，便用身体将大狍撞开了。然后它在大狍的身体前窜来窜去，使魏老师的猎枪无法瞄准大狍，开了三枪也没击中。魏老师生气地说——我的目标明明不在它身上，它怎么偏偏想找死呢！

但傻狍毕竟斗不过好猎手。终于，它们被我们追上了一座山顶。山顶下是悬崖，它们无路可逃了。

在仅仅距离它们十几步远处，魏老师站住了，激动地说："我本来只想打只大的，这下，两只都别活了。回去时我扛大的，你扛小的！"

他说罢，举枪瞄准。狍不像鹿或其他动物。它们被迫到绝处，并不自杀。相反，那时它们就目不转睛地望着猎人，或凝视枪口，一副从容就义的样子。那一种从容，简直没法儿细说。那时它们的眼睛，就像参加"奥运"的体操选手，连出差失，遭到淘汰已成定局，厄运如此，听天由命。某些运动员在那种情况之下，目光不也还是要望向分数显示屏吗？那是运动员显示最后自尊的意识本能。狍凝视枪口的眼神儿，也似乎是要向人证明——它们虽是动物，虽被叫傻狍子，但可以死得如人一样自尊，甚至比人死得还要自尊。

在悬崖的边上，两只狍一前一后，身体贴着身体。体形小些的在前，体形大些的在后。在前的分明想用自己的身体挡住子弹。它眼神儿中有一种无悔的义不容辞的意味儿，似乎还有一种侥幸——或许人的猎枪里只剩下了一颗子弹吧？……

它们的腹部都因刚才的逃奔而剧烈起伏。它们的头都高昂着，眼睛无比镇定地望着我们——体形小些的狍终于不望我们，将头扭向了大狍，仰望大狍。而大狍则俯下头，用自己的头亲昵地蹭对方的背、脖子。接着，两只狍的脸偎在了一起，两只狍都向上翻它们潮湿的、黑色的、轮廓清楚的唇……并且，吻在了一起！我不知对于动物，那究竟等不等于吻，但事实上它们那样子多么像一对儿情人在以相吻诀别啊！

我顿生恻隐之心。

正奇怪魏老师为什么还没开枪，向他瞥去，却见他已不知何时将枪垂下了。他说："它们不是一大一小，是夫妻啊！"

我嘿嘿然不知说什么好。

他又说："看，我们以为是小狍子那一只，其实并不算小呀！它是公的。看出来没有？那只母的是怀孕了啊！所以显得大……"

我仍不知该怎么表态。

"我现在终于明白了，鄂伦春人不向怀孕的母兽开枪是有道理的！看它们的眼睛！人在这种情况下打死它们是要遭天谴的呀！"

魏老师说着，就干脆将枪背在肩上了。

后来，他盘腿坐在雪地上了，吸着烟，望着两只狍。

我也盘腿坐下，陪他吸烟，陪他望着两只狍。我和魏老师在山林中追赶了它们三个多小时。魏老师可以易如反掌地射杀它们了，甚至，可以来个"穿糖葫芦"，一枪击倒两只，但他决定不那样做了……

我的棉袄里子早已被汗水湿透，魏老师想必也不例外。

那一时刻，夕阳橘红色的余晖，漫上山头，将雪地染得像罩了红纱巾……

两只狍在悬崖边相依相偎，身体紧贴着身体，眷眷情深，根本不再理睬我们两个人的存在……那一时刻，我不禁想起了一首古老的鄂伦春民歌。我在小说《阿依吉伦》中写到过那首歌，那是一首对唱的歌，歌词是这样的：

　　小鹿：妈妈，妈妈，你肩膀上挂着什么东西？

　　母鹿：我的小女儿，没什么没什么，那只不过是一片树叶子……

　　小鹿：妈妈，妈妈，别骗我，那不是树叶子……

母鹿：我的小女儿，告诉你就告诉你吧，是猎人用枪把我打伤了，血在流啊！

小鹿：妈妈，妈妈，我的心都为你感到疼啊！让我用舌头把你伤口的血舔尽吧！

母鹿：我的女儿呀，那是没用的。血还是会从伤口往外流啊，妈妈已经快要死了！你的爸爸早已被猎人杀死了，以后你只有靠自己照顾自己了！和大伙一块儿走的时候，别跑在最前边，也别落在最后边。喝水的时候，别站定了喝，耳朵要时时听着。我的女儿呀，快走吧快走吧，人就要追来了！……

倏忽间我鼻子一阵发酸。

以后，我对动物的目光变得相当敏感起来……

猴子

公园的笼子里，有一群猴子。它们究竟被关在笼子里多久了，无人知晓。

我们说那是笼子，其实是不准确的。因为它更像网状的大房子，猴子们在里边享有着较充分的活动空间。在那空间里，它们是自由的。但再大的笼子也毕竟是笼子，而不是丛林。

公园的笼子里，还有一棵大树。那树的躯干在笼中，那树的树冠却在笼外。确切地说，是在罩住笼子的铁网的上边。树在笼中的躯干部分，已有多处地方掉皮了，是被小猴子淘气地扒下去的。树的几茎老根，拱起而扭曲地暴露于地面，宛如丑陋的灰色的蛇。树干中间，还有一个朽洞，而且越朽越大。但那却是一棵野果树。春季仍开花，秋季仍结些果子。树冠在雨天足以遮雨，在酷暑足以投阴。它所结的果子是一年比一年少了，今年秋季结的果子尤其少。于是从网眼掉入笼中的果子，再也不是共享的美食了。猴群是有地位之分和等级之分的，特权和公认的资格成为占有果子多少的前提。一些掉落在网罩上的果子，只有爬到树干的最上方，将猴臂从网眼伸出网外，才能用猴爪子抓到。却只有某些猴子可以爬到树干的最上方。首先当然是猴王，其次是猴王所亲昵对待的猴，最后是强壮善斗的猴。

于是那一棵树既不只向笼中投下阴影，也在猴群中造成了不平等现象。

于是嫉妒产生了……

于是愤懑产生了……

于是争抢产生了……

于是撕咬产生了……

于是笼中每每充满了敌视的、战斗的气氛……

年轻的管理员因为猴群的骚动不安而不安。他忧心忡忡地去请教老管理员自己究竟该怎么办。

老管理员说："别睬它们，由它们去。"

年轻的管理员不无困惑地问："那怎么行？它们会彼此伤害的！"

"它们在丛林中也并非永远和睦相处。有的猴在被逮着以前，就带着互相伤害留下的残疾了。"

"可是……如果被咬死一只呢？"

"死就死吧。死一只，还会出生两只。笼子不是丛林，生而不死，笼中将猴满为患的。"

年轻的管理员虽然觉得老管理员的话不无道理，但对老管理员淡然处之的态度还是有些不解。

老管理员看出了此点，以思想高深的口吻说："对于我们动物园管理员而言，我们最成功的管理就是，使无论猴子还是别的什么动物，彻底地遗忘它们的种群生存过的丛林、草原、深山和莽野。使它们的低级头脑之中逐渐形成这样一种似乎本能的意识——它们天生便是笼中之物。笼子即它们的天地，它们的天地即笼子。通常情况下我们几乎对此无计可施，只有依赖时间，进一步说是依赖它们一代代的退化。退化了的动物不再向往笼子外面的世界，正如精神退化了的人类不再追求民主和自由……"

他正说着，笼子那边传来猴群发出的尖厉而使人惊悚的嚣叫。年轻的管理员看了他一眼，转身向笼子跑去……

猴群在笼中正"战斗"得十分惨烈——具体地说，并非所有的猴子都投入了"战斗"。大多数猴子只不过又蹦又跳，蹿上蹿下，龇牙咧嘴，在自己一方"前线猛士"的后边助威。而双方的几只"猛士"却真的撕咬作一团。那一时刻，猴子显出了它们相当凶残的一面。它们的牙齿一旦咬住对方的要害，就像是受到当头一棒，仿佛死也不会松口，仿佛宁肯同归于尽。那时猴的脸相，与咬住了猎物颈子的狼、狮、豹等猛兽的脸相没什么两样……

年轻的管理员看得目瞪口呆。

一只手轻轻拍在他肩上，是老管理员的手。

老管理员眼望笼中惨烈的自戕情形，慢条斯理地说："好，很好。对于我们，这是再好不过的现象了。看我手上这道疤，猴子挠的。几年前，这群猴子中还有出色的猴王。是的，那是一只出色的猴。它攻击我，因为它很恨人。它恨人，因为人使它和它的猴群变成了供人观看的笼中之物。它以为成功地攻击了我，就可能率它的猴群夺门而逃了。

"我挺钦佩那样的猴子，它那样证明它是一只向往丛林自由的猴子。瞧眼前这群猴子吧！它们中已不太可能产生那样的猴子了。它们相互攻击、撕咬，只不过是为了在笼子里的地位。几年前那一只出色的猴子，是被它的同类咬死的。我由于钦佩它，在动物园里选了个好地方把它埋了……"

一只比猴王更强壮的猴子，将猴王活活咬死了。当血从猴王的颈中射出，年轻的管理员转过了脸不忍看……

"现在，它们开始在它们的同类中树立敌人了。它们越这样，我们越容易成为它们的上帝了。对于我们，这是好现象，很好的现象……"

获胜的猴子，也就是新猴王，显得异常亢奋。它迅速地爬上树干的高处，又迅速地蹿下来，并不时地龇牙咧嘴。蹿上蹿下之际，不忘将猴臂从网眼伸出，抓取几颗果子分抛给帮它夺得了王位的"有功之臣"。而那些毛上沾满了同类血迹的猴，则一只只围着树干蹦来蹦去，抓耳挠腮，显出无上荣光的猴子嘴脸。随后啃着果子，分别蹲踞在高高低低的树丫上了，像一只只秃鹫栖在高高低低的树丫上⋯⋯

于是，在动物园里，在笼子里，那一棵朽树又一次易主了。

从此，这群猴子，以及它们的下一代，低级的头脑中更没有了丛林的概念，更没有了对自由的向往。

从此，当然地，年轻的管理员的职责简单多了，尽管猴群中的"战斗"仍时有发生。他认为，那些为笼中地位死了的猴子，是根本不值得他挖个坑埋的⋯⋯

大象小象和人 *

我的朋友两年前亡于车祸。那一天是他的忌日，我到他家里去看望他的妻子和儿子。我和那做母亲的正低声聊着，她的儿子背对着我们，在全神贯注地看电视，里面正在播着电视片《神秘的地球》。

那男孩说："小象真可怜。"

一只孤独的小象，想在傍晚时分加入一个陌生的象群，但不断地被拒绝。刚刚连跑带颠地追上那一象群的小象，遭到同样的驱赶后，又一次横着倒下了……那又一次横着倒在泥泞中的小象，伸直了它的鼻子和腿，一动不动了……

男孩自言自语："可怜的小象死了。"我听到他抽了一下鼻子，于是我知道那男孩流眼泪了。

然而那小象并没死，它终于还是挣扎着站了起来。

---

* 本文引自首都师范大学出版社 2014 版《父亲：插图珍藏版》，内容与部分版本有差异。

象群已经走得很远很远，远得它再也不可能追上了。小象六神无主地呆望了一会儿，沮丧地掉转头，茫然而又盲目地往回走。

它那沮丧的样子，真是一种沮丧极了的样子啊。有几只土狼开始进攻它，它却颠颠地只管往前走，一副完全听凭命运摆布的样子。一只土狼从后面扑抱住了它，咬它，而它仍毫无反应地往前走，头一点一点的，像某些七老八十的老头儿那一种走法。象皮的厚度，使它没有顷刻便成为土狼们的晚餐……

小象走，那一只扑抱住它不放的土狼也用两条后腿跟着走，不罢不休地仍张口咬它。另几只土狼，围着小象前蹿后跳。小象和土狼们，就那么蹚过了一片水。忽然，那小象扬起鼻子悲鸣了一声。忽然，远处的象群站住了，为首的母象的耳朵挺了起来。

又一声悲鸣……

母象如同听到了什么权威的号令似的，一掉头就循声奔回来。而那象群，经过几秒钟的迟疑之后，跟随着母象奔回来……

它们寻找到了那一头小象……土狼们四散而逃……

大象们用鼻子抚慰着小象，满怀怜爱地收容了一个流浪儿，其他小象也向它表达着自己的一份同情……

男孩一动不动地说了一个字："妈……"声音很小。

于是他母亲移身过去，坐在他身后，将他搂在怀里，用纸巾替他擦泪。

被象群收容了的小象，不慎滑入了一片沼泽，大象们开始营救它。它们纷纷朝它伸出长鼻子，然而小象已经疲惫得不能用自己的鼻子钩住大象的鼻子，它绝望地放弃了努力，任由自己渐渐下沉。大象们却不放弃它们的努力，它们都试图用自己的长鼻子卷住小象的身体将它拖上来，无奈它们的鼻子没有那么长。险情接着发生了——由于它们是庞然大物，沼泽旁的土一大块一大块地被它们踩塌，塌土埋在小象身上，小象的处境更危险了。这时，有几头大象走向了沼泽。一头，两头，三头……它们用自己的身体组成了一道防线，挡住了小象使它不至于再向沼泽的深处沉陷下去。同时，它们将长鼻子插入泥泞，从下边齐心协力地托起小象的身体。它们当然不知人类的摄像机在偷拍它们，它们只不过本能地觉得，既然收容了那一头小象，就应该像对自己的孩子一样对它负一份责任，哪怕为此而牺牲自己。

　　那一头作为首领的母象，此刻迅速做出了超常之举——这个庞然大物的两条前腿，缓缓地，缓缓地跪下了。对于一头没受过训练的野象来说，那无疑是很难为它的一种姿势……

　　它以那样一种姿势救起了小象。

　　大象们纷纷用鼻子吸了水替小象洗去身上的泥浆。身体干净了的小象，惊魂未定，显得呆头呆脑的。大象们和别的小象就纷纷地用鼻子对它进行又一番的抚慰。那情形给人这样一种深刻的印象：如果它们也有手臂的话，它们都会紧紧地搂抱它的……

男孩此刻悄悄地说："大象真好！"他的母亲也悄悄说："是啊，大象真好，大象是值得人类尊敬的动物。"

不料男孩又说："可是人不好，人坏。"良久，母亲低声问："儿子，你怎么那么说？"男孩回答："我爸爸出车祸的时候，没有一辆车肯送他去医院，怕爸爸身上的血弄脏了他们的车座！"

刹那间，我的眼眶湿了。

瞧，那些父亲

有时候，父亲对儿女之宠爱、溺爱，竟远远超过于母亲。将儿女当作宠物一般来爱，是谓宠爱。将儿女终日浸泡于这种过分的爱中，是谓溺爱。宠爱也罢，溺爱也罢，都曰"惯"，民间又说成"惯孩子"。"惯孩子"惯到无以复加，难免遭人侧目。民间的批评语常是"惯孩子也没见过那么个惯法的"。此言之意有二：一、既为父母嘛，谁还没惯过自己的孩子呢？二、但是超乎一般的惯法，委实是不可取的，而且肯定是对孩子有害的。故民间有句诫言——惯子如杀子。结果，必然是身为父母者自食苦果，甚而恶果。

人类早就总结过这方面的许多教训。在别国，最典型的也是比较早的一例，记载于希腊神话中，体现于太阳神阿波罗身上。阿波罗是很受凡人崇拜的一位神，关于他的事迹，几乎都是正面的。他似乎具有种种之良好的神之品德，连他为数不多的一两次绯闻，凡人也当成无伤大雅的逸事来传颂，并不多么诟病之，不像对他的父亲宙斯那么加以大不敬的一些评论，口碑极佳的太阳神最主要的缺点，便是惯孩子这一条了。

太阳神的儿子叫法厄同，有一天，他向父亲提出了一个非分的请求，要驾父亲的神马神车在天穹兜风。那神马神车是太阳神的"公务车"，除了他自己，其他人连碰也没碰过。并且，那是多么危险的事情不言而喻。但太阳神出于对儿子的"惯"，居然答应了。神权乃神圣之特权，特权宠授，结果祸事发生——神车翻于空中，引起熊熊烈火。神马挣脱缰绳跑了，法厄同却被烧成一个火球，坠落一条河中，焦头烂额地惨死了。连大地也深受天火之害，据说沙漠便是因这一场天火形成的。河神大为怜悯，埋葬了那碳化的少年之尸体。不幸到此还不算完，法厄同的姐妹们痛不欲生，哭了四天四夜，哭得众神不忍看下去、听下去，将她们变成了扎根在法厄同坟旁的杨树。阿波罗不但因自己铸成的大错使人间遭殃，失去了心爱的儿子，也失去了心爱的女儿们……

另一例惯子的教训，也同样记载于希腊神话中，便是特洛伊城的灭亡了。帕里斯这个风流成性的特洛伊国小王子，本来是肩负着一国重任，率船队去往斯巴达国，商讨接回特洛伊国美女海伦的。海伦受着爱神的庇护，美貌不衰。她是在一次战役中作为"战利品"而归属于斯巴达王的，后来虽被封为王后，但与斯巴达王之间并无真爱。故帕里斯的使命，具有刷洗特洛伊国家耻辱的重大性质。这一使命之完成，需要爱国情怀和大智大勇。但帕里斯根本不是一个以国家使命为重的人，他趁斯巴达王并不在国内，说服对他一见倾心的海伦乘他们的船逃离了斯巴达国。而这一做法，使一次理直气壮的使命，变成了卑劣行径。他自己以及特洛伊国，于是背上了拐走别国王后的罪名。这还不算，他并没有直接将海伦带回国去，而是先命船队驶往一个岛屿，与海伦在岛上同床共寝过起夫妻生活来。直至希腊人对特洛伊城大军压境，才为了自己的安全携海伦偷偷潜回特洛伊。公平论之，海伦未尝不值得同情。但解救一个值得同情的女人，须以光明正大的方式才算正义。如果说木马计证明了希腊人的狡猾；那么帕里斯的行径，毫无疑问地使全体特洛伊人大蒙蝇苟之羞。作为兄长的赫克托尔是意识到了这一点的，所以他怒斥弟弟自私而可耻。事情严峻到如此程度，化解的策略也还是有的。赔礼道歉，劝海伦为着特洛伊城众生免遭屠戮，谎辩自己实是被掠，暂且随斯巴达王回去，解救之事从长计议未尝不是明智之举。起码，可以试一试。赫克托尔便是这么主张的，但更爱弟弟帕里斯的父王，又哪里听得进长子的话呢？他为了成全帕里斯与海伦的二人之欢，以"保护女人是男人的义务"作口号，激励全城军民众志成城，与希腊人决一死战。口号一经国王提出，不是统一的意志也只能而且必须是统一之意志了。结果是人们都知道的，双方尸横遍野，美丽富裕的特洛伊城灰飞烟灭。希腊人攻入城内之后，大开杀戒，屠城报复，特洛伊城幸免此劫者寡。《希腊神话》中写着，特洛伊国王有包括赫克托尔和帕里斯在内的五十余个儿子，除了帕里斯携海伦逃之夭夭，其他王子皆战死沙场，特洛伊王普里阿莫斯也丧尽王的尊严，可悲地死于敌人剑下……

还有一位父亲对女儿的爱也很离谱，便是《圣经》故事中的希律王。他美丽的女儿莎乐美爱上了游走到希律国的先知圣约翰。但是圣约翰的心另有所属，他早将自己的爱全部奉献给了上帝，他拒绝莎乐美诱惑时的语言冰冷以致嫌恶，使莎乐美恼羞成怒怀恨在心。她在父亲的生日为父亲献舞。希律王大为开心，对爱女说无论她要什么，只要是世上有的，都将实现她的愿望。

莎乐美的愿望令人不寒而栗，她要的东西是圣约翰的头。

希律王并非不知圣约翰是一位伟大的先知，却为了使女儿高兴，命人砍下了先知的头，用金盘子托给了莎乐美。

巴尔扎克的名著《高老头》中的"高老头"，对两个女儿的爱具有拷贝现实般的虚荣特征和强迫症特征。他曾是制粉业巨子，为了使两个女儿光荣地成为侯爵夫人，不惜以巨额财富作为她们的嫁妆，致使自己变得一无所有，不得不孑然一身住进巴黎的廉价公寓。而他两个贪得无厌的女儿仍一再地向他索钱，并且相互猜忌，认为对方肯定从父亲那儿索要到了比自己多的钱或好东西，于是彼此憎恨。只要一见面，就仿佛变成了两只好斗的公鸡，恨不得一下子将对方的眼珠啄出来。"高老头"最后死于饥寒交迫与病痛的折磨，而那时，两个仇敌般的女儿一个都不愿再到他身边去……

在中国，为千夫所指的父亲是《水浒传》中的高太尉。他对高衙内的宠惯，使他不惜以高官身份亲自在阴谋诡计中扮演重要角色，害得林冲家破妻亡，最终被逼上梁山……

二十世纪八十年代初，即刚刚粉碎"四人帮"不久，中国枪毙了几名高衙内式的干部子弟。他们的所作所为，实在是与高衙内差不了多少的，不杀不足以平民愤。

贪官的贪，目的各异，或为供一己挥霍享乐，或因金屋藏娇，豢养"二奶"。但确乎有一些操权握柄的父亲，其贪主要是为了儿女。

想来，既为官，他们的儿女的工作、收入、生活，怎么也不会太差。但他们的父亲，认为他们没有别墅，没有名车，没有巨额存款，便实在是自己的心病了。没有一定得有怎么办呢？于是便只能靠自己利用职权替儿女去贪。这一贪，往往便是收不住手的。几千万是贪，几个亿也是贪。索性，替儿女，将儿女的儿女未来的那份儿，也由自己在位时一总贪足了。这才是，"惯孩子也没有那么个惯法的！"

这样一些父亲，大抵是不知以上希腊神话故事或《圣经》故事的；告诉他们也是白告诉，他们根本不信那种因果报应的"邪"。而事实上，"法网恢恢，疏而不漏"这种话，恐怕只验证在他们中一部分人身上了。甚而，恐怕还是少数。倘若真有人神通广大，竟搞出一份翔实的"高官儿女富豪榜"来，那肯定会令全中国全世界目瞪口呆的。连我这种从不关注所谓"黑幕"之人，也是多少知道一些的啦。

所以一般的人们，根本不要指望靠了文化的浸淫帮助他们获得救赎。据我所知，他们是极端蔑视文化的。他们一向认为，文化的教育功能，那主要是针对老百姓而言的。

然而文化终究影响过人类的大多数。在我们人类还处在童年和少年时期，便通过种种的神话故事，试图一代代劝诫和教育我们后人——怎样做人为对，怎样做人为错；包括怎样做父亲母亲，尤其怎样做有权势的父亲母亲。古人此种良苦用心，值得我们今人感恩戴德。

故我认为，贪官们不信的，我们当信。我们信起码对我们有一点保佑，那就是将来某一天被他们轻蔑的文化因了他们的叶公好龙而报复社会的时候，我们兴许会清醒地知道那报复的起源，因而便也能以文化的眼镇定视之，而不至于不知所措……

人生真相

仅仅为了生存而被自己根本不愿做的事情牢牢粘住一生的人越来越少；每个人只要努力做好自己必须做的事情，只要自己愿意做的事情不脱离实际，终将有机会满足一下或间接满足一下自己的"愿意"。——题记

人活着就得做事情。

古今中外，无一人活着而居然可以不做什么事情。连婴儿也不例外。吮奶便是婴儿所做的事情，不许他做他便哭闹不休，许他做了他便乖而安静。广论之，连蚊子也要做事：吸血。连蚯蚓也要做事：钻地。

一个人一生所做之事，可以从许多方面来归纳——比如善事恶事，好事坏事，雅事俗事，大事小事，等等。

世上一切人之一生所做的事情，也可用更简单的方式加以区分，那就是无外乎愿意做的、必须做的、不愿意做的。

古今中外，上下数千年，任何一个活过的人们，正活着的

人们的一生，皆交叉记录着自己愿意做的事情、必须做的事情、不愿意做的事情。即将出生的人们的一生，注定了也还是如此这般。

细细想来，古今中外，一生仅做自己愿意做的事情，但凡不愿意做的事情可以一概不做的人，极少极少。大约，根本没有过吧？从前的国王皇帝们还要上朝议政呢，那不见得是他们天天都愿意做的事。

有些人却一生都在做着自己不愿意做的事情。比如，他或她的职业绝不是自己愿意的，但若改变却千难万难，"难于上青天"。不说古代，不论外国，仅在中国，仅在二十几年前，这样一些终生无奈的人比比皆是。

而我们大多数人的一生，其实只不过都在整日做着自己必须做的事情。日复一日，渐渐地，我们对我们那么愿意做，曾特别向往去做的事情漠然了。甚至，连想也不去想了。仿佛我们的头脑之中对那些曾特别向往去做的事情，从来也没产生过试图一做的欲念似的。即使那些事情做起来并不需要什么望洋兴叹的资格和资本。日复一日，渐渐地，我们变成了一些生命流程仅仅被必须做的、杂七杂八的事情注入得满满的人。我们只祈祷我们千万别被自己不愿意做的事情粘住了。果而如祈，我们则已谢天谢地，大觉幸运了，甚至会觉得顺顺当当地过了挺好的一生。

我想，这乃是所谓人生的真相之一吧？一生仅做自己愿意做的事情，凡不愿意做的事情可以一概不做的人，我们就不必太羡慕了吧！衰老、生病、死亡，这些事任谁都是躲不过的。生病就得住院，住院就得接受治疗。治疗不仅是医生的事情，也是需要病人配合着做的事情。某些治疗的漫长阶段比某些病本身更痛苦。于是人最不愿意做的事情，一下子成了自己必须做的事情。到后来为了生命，最不愿做的事情不但变成了必须做的事情，而且变成了最愿做好的事情。倒是唯恐别人认为自己做得不够好进而不愿意在自己的努力配合之下尽职尽责了。

我们且不说那些一生被自己不愿做的事情牢牢粘住，百般无奈的人了吧！他们也未必注定了全没他们的幸运。比如他们中有人一听做胃镜检查这件事就脸色大变，竟幸运地有一个从未疼过的胃，一生连粒胃药也没吃过。比如他们中有人一听动手术就心惊胆战，竟幸运地一生也没躺上过手术台。比如他们中有人最怕死得艰难，竟幸运地死得很安详，一点儿痛苦也没经受，忽然就死了，或死在熟睡之中。有的死前还哼着歌洗了人生的最后一次热水澡，且换上了一套新的睡衣……

我们还是了解一下我们自己，亦即这世界上大多数人的人生真相吧！

我们必须做的事情，首先是那些意味着我们人生支点的事情。我们一旦连这些事情也不做，或做得不努力，我们的人生就失去了稳定性，甚而不能延续下去。比如我们每人总得有一份工作，总得有一份收入。于是有单位的人总得天天上班；自由职业者不能太随性，该勤奋之时就得自己要求自己孜孜不倦。这世界上极少数的人之所以是幸运的，幸运就幸运在必须做的事情恰也同时是自己愿意做的事情。大多数人无此幸运。大多数人有了一份工作有了一份收入就已然不错。在就业机会竞争激烈的时代，纵然非是自己愿意做的事情，也得当成一种低质量的幸运来看待。即使打算摆脱，也无不掂量再三，思前虑后，犹犹豫豫。

因为对于我们大多数人而言，我们整日必须做的事情，往往不仅关乎着我们自己的人生，也关乎着种种的责任和义务。比如父母对子女的；夫妻双方的；长子长女对弟弟妹妹的……这些责任和义务，使那些我们寻常之人整日必须做的事情具有了超乎愿意不愿意之上的性质，并随之具有了特殊的意义。这一种特殊的意义，纵然不比那些我们愿意做的事情对于我们自己更快乐，也比那些事情显得更重要、更值得。

我们做我们必须做的事情，有时恰恰是为了因而有朝一日可以无忧无虑地做我们愿意做的事情。普遍的规律也大抵如此。一些人勤勤恳恳地做他们必须做的事情，数年如一日，甚至十几年、二十几年如一日，人生终于柳暗花明，终于得以有条件去做自己愿意做的事情了。其条件当然首先是自己为自己创造的。这当然得有这样的前提——自己所愿意做的事情，自己一直惦记在心，一直向往着去做，一直并没泯灭了念头……

我们做我们必须做的事情，有时恰恰不是为了因而有朝一日可以无忧无虑地做我们愿意做的事情。我们往往已看得分明，我们愿意做的事情，并不因我们将我们必须做的事做得多么努力做得多么无可指责而离我们近了；相反，日复一日地，渐渐地离我们远了，成了注定与我们的人生错过的事情。不管我们一直怎样惦记在心，一直怎样向往着去做，但我们却仍那么努力那么无可指责地做着我们必须做的事情。为了什么呢？为了下一代，为了下一代得以最大限度地做他们和她们愿意做的事；为了他们和她们愿意做的事不再完全被动地与自己的人生眼睁睁错过；为了他们和她们，具有最大的人生能动性，不被那些自己根本不愿意做的事粘住，进而具有最大的人生能动性，使自己必须做的事与自己愿意做的事协调地相一致起来。起码部分地相一致起来。起码不重蹈我们自己人生的覆辙，因了整日陷于必须做的事而彻底断送了试图一做自己愿意做的事情的条件和机会。

社会是赖于上一代如此这般的牺牲精神而进步的。

下一代人也是赖于上一代人如此这般的牺牲精神而大受其益的。

有些父母为什么宁肯自己坚持着去干体力难支的繁重劳动，或退休以后也还要无怨无悔地去做一份收入极低微的工作呢？为了子女们能够接受高等教育，能够从而使子女们的人生顺利地靠近他们愿意做的事情。

"可怜天下父母心"一句话，在这一点上，实在是应该改成"可敬天下父母心"的。而子女们倘竟不能理解此点，则实在是可悲可叹啊。

最令人同情的是这样一些人——他们终于像放下沉重的十字架一样，摆脱了自己必须做甚而不愿意做却做了几乎整整一生的事情；终于有一天长舒一口气自己对自己说——现在，我可要去做我愿意做的事情了。那事情也许只不过是回老家看看，或到某地去旅游，甚或，只不过是坐一次飞机，乘一次海船……而死神却突然来牵他或她的手了……

所以，我对出身贫寒的青年们进一言，倘有了能力，先不必只一件件去做自己愿意做的事情。要想一想，自己怎么就有了这样的能力？完全靠自己？含辛茹苦的父母做了哪些牺牲？并且要及时地问："爸爸妈妈，你们一生最愿意做的是些什么事情？咱们现在就做那样的事情！为了你们心里的那一份长久的期望！……"

我的一位当了经理的青年朋友就这样问过自己的父母，在今年的春节前——而他的父母吞吞吐吐说出来的却是，他们想离开城市重温几天小时候的农村生活。

当儿子的大为诧异：那我带着公司员工去农村玩过几次了，你们怎么不提出来呢？

父母道：我们两个老人，慢慢腾腾的，跟了去还不拖累你玩不快活呀！

当儿子的不禁默想，进而戚然。

春节，他坚决地回绝了一切应酬，是陪父母在京郊农村度过的⋯⋯

我们憧憬的理想社会是这样的：仅仅为了生存而被自己根本不愿做的事情牢牢粘住一生的人越来越少；每个人只要努力做好自己必须做的事情，只要自己愿意做的事情不脱离实际，终将有机会满足一下或间接满足一下自己的"愿意"。

据我分析，大多数人们愿意做的事情，其实还都是一些不失自知之明的事情。

时代毕竟进步了。

标志之一也是活得不失自知之明的人越来越多而非越来越少了。

尽管我们大多数人依然还都在做着我们整日必须做的事情，但这些事情随着时代的进步，与我们的人生的关系已变得越来越灵活，越来越宽松，使我们开始有相对自主的时间和精力顾及我们愿意做的事情，不使之成为泡影。重要的倒是，我们自己是否还像从前那么全凭必须这一种惯性活着⋯⋯

我们都知道，金钱除了不能解决生死问题，除了不能一向成功地收买法律，几乎可以解决至少可以淡化人面临的许许多多困扰。

我们大多数世人，或更具体地说——百分之九十甚至百分之九十五以上的世人，与金钱到底是一种什么样的关系呢？我的意思是在说，或者是在问，或者仅仅是在想——那种关系果真像我们人类的文化和对自身的认识经验所记录的那样，竟是贪而无足的吗？

我感觉到这样一种情况——在我们人类的文化和对自身认识的经验中，教诲我们人类应对金钱持怎样的态度和理念，是由来久矣并且多而又多的；但分析和研究我们与金钱之关系的真相的思想成果，却很少很少。似乎我们人类与金钱的关系，仅仅是由我们应对金钱持怎样的态度来决定的。似乎只要我们接受了某种对金钱的正确的理念，金钱对我们就是无足轻重的东西了，对我们就会完全丧失吸引力了。

在我们人类与金钱的关系中，某种假设正确的理念，真的能起特别重要的作用吗？果而那样，思想岂不简直万能了吗？

在全世界，在人类的古代，金即是钱；即是通用币；即是永恒的财富。百锭之金往往意味着佳食锦衣，唤奴使婢的生活。所有富人的日子一旦受到威胁，首先将金物及价值接近着金的珠宝埋藏起来。所以直到现在，虽然普遍之人的日常生活早已不受金的影响，在谈论钱的时候，却仍习惯将二字合并。

在今天，在中国，"文化"已是一个泡沫化了的词，已是一个被泛淡得失去了"本身义"并被无限"引申义"了的词。不是一切有历史的事物都能顺理成章地构成一种文化。事物仅仅有历史只不过是历史悠久的事物。纵然在那悠久的历史中事物一再地演变过，其演变的过程也不足以自然而然地构成一种文化。

只有我们人类对某一事物积累了一定量的思想认识，并且传承以文字的记载，并且在大文化系统之中具有特殊的意义，某一事物才算是一种文化"化"了的事物。

这是我个人的观点。而即使此观点特别容易引起争议，我们若以此观点来谈论金钱，并且首先从"金钱文化"说起，大约是不会错到哪里去的。

外国和中国的一切古典思想家，有一位算一位，哪一位不曾谈论过人与金钱的关系呢？可以这么认为，自从金钱开始介入我们人类的生存形态那一天起，人类的头脑便开始产生着对于金钱的思想或意识形态了。它们一而再，再而三地呈现在童话、神话、民间文学、士人文学、戏剧以及后来的影视作品和大众传媒里。它们的全部教诲，一言以蔽之，用教义最浅白的"济公活佛圣训"中的一句话来概括，就是"死后一文带不去，一旦无常万事休"。

数千年以来，"金钱文化"对人类的这种教诲的初衷几乎不曾有丝毫改变，可谓谆谆复谆谆，用心良苦。只有在现当代的经济学理论成果中，才偶尔涉及我们人类与金钱之关系的真相，却也只是几笔带过，点到为止。

那真相我以为便是，其实我们人类之大多数对金钱所持的态度，非但不像"金钱文化"从来渲染得那么一味贪婪，细分析，简直还相当理性、相当朴素、相当有度。

奴隶追求的是自由。

诗人追求的是传世。

科学家追求的是成果。

文艺家追求的是经典。

史学家追求的是真实。

思想家追求的是影响。

政治家追求的是稳定……

而小百姓追求的只不过是丰衣足食、无病无灾、无忧无虑的小康生活罢了。倘是工人，无非希望企业兴旺，从而确保自己的收入养家度日不成问题；倘是农民，无非希望风调雨顺，亩产高一点儿，售出容易点儿；倘是小商小贩，无非希望有个长久的摊位，税种合理，不积货，薄利多销……

如此看来，大多数世人虽然每天都生活在这个由金钱推转的世界上，每个日子都离不开金钱这一种东西，甚而我们的双手每天都至少点数过一次金钱，我们的心里每天都至少盘算过一次金钱，但并不因而都梦想着有朝一日成为富豪或资本家，银行账户上存着千万亿万，于是大过奢侈的生活，于是认为奢侈高贵便是幸福……

真的，细分析，我确确实实地觉得，人类之大多数对金钱所持的态度，从过去到现在甚至包括将来，其实一向是很健康的。

一直不健康的或温和一点儿说不怎么健康的，恰恰是"金钱文化"本身。这一种文化几乎每天干扰我们对这个世界的正常视听要求和愿望，似乎企图使我们彻底地变成仅此一种文化的受众，从而使其本身变成摇钱树。这一种文化的一个显著的特征那就是当其在表现人的时候几乎永远只有一个角度，无非人和金钱的关系，再加点性和权谋。它的模式是"那公司那经理那女人，和那一大笔钱"。

我们大多数世人每天受着这一种文化的污染，而我们对金钱的态度却仍相当理性、相当朴素、相当有度。我简直不能不这样赞叹——大多数世人活得真是难能可贵！

再细加分析，具体的一个人，无论男女，无论有一个穷爸爸还是富爸爸，其一生皆大致可分为如下阶段：

童年——以亲情满足为最大满足的阶段。

少年——以自尊满足为最大满足的阶段。

青年——以爱情满足为最大满足的阶段。

中年前期——以事业满足为最大满足的阶段。

中年后期——以金钱满足为最大也许还是最后满足的阶段。

老年前期——以自尊满足为最大满足的阶段。

老年后期——以亲情满足为最大满足的阶段……

大多数人大抵如此，少数人不在其例。

人，尤其男人，在中年后期，往往会与金钱发生撕扯不开的纠缠关系。这乃因为——他在爱情和事业两方面，可能有一方面忽然感到是失败的，甚或两方面都感到是失败的、沮丧的。也许那是一个事实，也许仅仅是他自己误入了什么迷津；还因为中年后期的男人，是家庭责任压力最大的人生阶段，缓解那压力仅靠个人作为已觉力不从心，于是意识里生出对金钱的幻想。我们都知道的，金钱除了不能解决生死问题，除了不能一向成功地收买法律，几乎可以解决至少可以淡化人面临的许许多多困扰。但普遍而言，中年后期的男人已具有与其年龄相一致的理性了。他们对金钱的幻想仅仅是幻想罢了。并且，这幻想折叠在内心里，往往是不说道的。某些男人在中年后期又有事业的新篇章和爱情的新情节，则他们便也不会把金钱看得过重。

在经济发达的国家，人们的追求，包括对人生享受的追求，往往呈现着与金钱没有直接关系的现象。"金钱文化"在那些国家里也许照旧地花样翻新，但对人们的意识已经不足以构成深刻的重要的影响。我们留心一下便不难得出这样的结论——那些国家的、文化的、文艺的和传媒的主流内容往往是关于爱、生、死、家庭伦理和人类道德趋向以及人类大命运的。或者，纯粹是娱乐的。

因为在那些国家里，中产阶级生活已经是不难实现的。

而中产阶级，乃是一个与金钱的关系最自然、最得体、最有分寸的阶级。

在经济落后的国家，普遍地，人们也反而不太产生对金钱的强烈又痛苦的幻想。因为那接近于梦想。他们对金钱的愿望是由自己限制得很低很低的，于是金钱反而最容易成为带给他们满足的东西。

在发展中国家，特别在由经济落后国家向经济振兴国家迅速过渡的国家，其文化随之嬗变的一个显著事实——"金钱文化"同步的迅速繁衍和对大文化系统的蚕食，和对人们日常生活的方方面面几乎无孔不入的侵略式影响。人面对之，要么采取个人式的抵御姿态；要么接受它的冲击、它的洗脑，最终变得有点儿像金钱崇拜者了。在这样的国家这样的时代，充斥于文化、文艺和媒体的经常的主要的内容，往往是关于金钱这一种东西的。在这样的国家这样的时代，文化和文艺往往几乎已经丧失掉了向人们讲述一个纯粹的，与金钱不发生瓜葛的爱情故事的能力。因为这样的爱情故事已不合人们的胃口，或曰已不合时宜，被认为浅薄了。于是通俗歌曲异军突起，将文化和文艺丧失了的元素吸收去变成为自身的养分。通俗歌曲的受众是青少年，是以对爱情的向往为向往，以对爱情的满足为满足的群体。他们沉湎于通俗歌曲为之编织的爱情帷幔中，就其潜意识而言，往往意味着不愿长大、逃避长大——因为长大后，将不得不面对金钱的左右和困扰。

在这样的国家这样的时代，贫富迅速分化，差距迅速悬殊，人对金钱的基本需求和底线一番番被刷新。相对于有些人，那底线不断地不明智地一次次攀升；相对于另一些人，那底线不断地不得已地一次次跌降。前者往往可能由于不能居住于富人区而混乱了人与金钱的关系；后者则往往可能由于连生存都无法为计而产生了对金钱的偏狂理解。

归根结底，不是人的错，更不是时代的错，也当然不是金钱的错，而只不过是在特殊的历史阶段，人和金钱贴紧于同一段社会通道之中了。当同时钻出以后，人和金钱两种本质上不同的东西（姑且也将人叫作东西吧），又会分开来，保持必要的距离，仅在最日常的情况之下发生最日常的"亲密接触"。

那时，大多数人就可以这样诚实又平淡地说：金钱吗？它不是唯一使我万分激动的东西，也不是唯一使我惴惴不安的东西，更不是我人生中唯一重要的东西。我必须有足够花的金钱，而我的情况正是这样。

归根结底，爱国主义——正是由这一种人对金钱相当理性、相当朴素、相当有度因而相当良好的感觉来决定的。

哪一个国家使它的人民与金钱的关系如此这般，它的人民便几乎无须被教导，自然而然地爱着他们的国了……

人生的意义在于承担

如果一个人只从纯粹自我一方面的感受去追求所谓人生的意义，并且以为唯有这样才会获得最多最大的意义，那么他或她到头来一定所得极少。——题记

确实，我曾多次被问到——"人生有什么意义？"往往，"人生"之后还要加上"究竟"二字。

迄今为止，世上出版过许许多多解答许许多多问题的书籍，证明一直有许许多多的人思考着许许多多的问题。依我想来，在同样许许多多的"世界之最"中，"人生有什么意义"这一个问题，肯定是人的头脑中所产生的最古老、最难以简要回答明白的一个问题吧？而如此这般的一个问题，又简直可以算得上是一个"哥德巴赫猜想"或"相对论"一类的经典问题吧？

动物只有感觉，而人有感受。

动物只有思维，而人有思想。

动物的思维只局限于"现在时",而人的思想往往由"现在时"推测向"将来时"。

我想，"人生有什么意义"这一个问题，从本质上说，是从"现在时"出发对"将来时"的一种叩问，是对自身命运的一种叩问。世界上只有人关心自身的命运问题。"命运"一词，意味着将来怎样。它绝不是一个仅仅反映"现在时"的词。

"人生有什么意义"这一个问题既与人的思想活动有关，那么我们一查人类的思想史便会发现，原来人类早在几千年以前就希望自我解答"人生有什么意义"的问题了。古今中外，解答可谓千般百种、形形色色。似乎关于这一问题，早已无须再问，也早已无须再答了。可许许多多活在"现在时"的人却还是要一问再问，仿佛根本不曾被问过，也根本不曾有谁解答过。

确实，我回答过这一问题。

每次的回答都不尽相同；每次的回答自己都不满意；有时听了的人似乎还挺满意，但是我十分清楚，最迟第二天他们又会不满意。

因为我自己也时常困惑、时常迷惘、时常怀疑，并时常觉得自己人生的索然。

我想，"人生有什么意义"这一个问题，最初肯定源于人的头脑中的恐惧意识。人一次又一次许多次地目睹从植物到动物甚而到无生命之物的由生到灭、由坚到损、由盛到衰、由有到无，于是心生惆怅；人一次又一次许多次地眼见同类种种的死亡情形和与亲爱之人的生离死别，于是心生生命无常人生苦短的感伤以及对死的本能恐惧——于是"人生有什么意义"的沮丧油然产生。在古代，这体现于一种对于生命脆弱性的恐惧。"老汉活到六十八，好比路旁草一棵；过了今年秋八月，不知来年活不活。"从前，人活七十古来稀，旧戏唱本中老生们类似的念白，最能道出人的无奈之感。而古希腊的哲学家们，亦有认为人生"不过是场梦幻，生命不过是一茎芦苇"的悲观思想。

然而现代的人类，已有较强的能力掌控生命的天然寿数了，并已有较高的理性接受生死之规律了。现代的人类却仍往往会叩问"人生的意义"何在，归根结底还是缘于一种恐惧。这是不同于古人的一种恐惧。这是对所谓"人生质量"尝试过最初的追求而又屡遭挫折，于是竟以为终生无法实现的一种恐惧。这是几乎就要屈服于所谓"厄运"的摆布而打算听天由命时的一种恐惧。这种恐惧之中包含着理由难以获得公认而又程度很大的抱怨。是的，事情往往是这样，当谁长期不能摆脱"人生有什么意义"的纠缠时，谁也就往往真的会屈服于所谓"厄运"的摆布了；也就往往会真的听天由命了；也就往往会对人生持消极到了极点的态度。而那种情况之下，人生在谁那儿，也就往往会由"有什么意义"的疑惑，快速变成"没有意义"的结论。

对于马，民间有种经验是"立则好医，卧则难救"。那意思是指，马连睡觉都习惯于站着，只要它自己不放弃生存的本能意识，它总是会忍受病痛之身顽强地站立着不肯卧倒下去；而它一旦病得卧倒了，证明它确实已病得不轻，也同时证明它生存的本能意识已被病痛大大地削弱了。而没有它生存本能意识的配合，良医良药也是难以治得好它的病的。所以兽医和马的主人，见马病得卧倒了，治好它的信心往往会大受影响。他们要做的第一件事，又往往是用布托、用绳索、带子兜住马腹，将马吊得站立起来，如同武打片中吊起那些飞檐走壁的演员那一种做法。为什么呢？给马以信心。使马明白，它还没病到根本站立不住的地步。靠了那一种做法，真的会使马明白什么吧？我相信是能的。因为我下乡时多次亲眼看到，病马一旦靠了那一种做法站立着了，它的双眼竟往往会一下子晶亮了起来。它往往会咴咴嘶叫起来。听来那确乎有些激动的意味，有些又开始自信了的意味。

一般而言，儿童和少年不太会问"人生有什么意义"的话，他们倒是很相信人生总归是有些意义的，专等他们长大了去体会。厄运反而不容易一下子将他们从心理上压垮。因为父母和一切爱他们的人，往往会在他们不完全知情时，就默默替他们分担和承受了。老年人也不太会问"人生有什么意义"的话。问谁呢？对晚辈怎么问得出口呢？哪怕忍辱负重了一生，老年人也不太会问谁那么一句话。信佛的，只偶尔独自一个人在内心里默默地问佛，并不希冀解答，仅仅是委屈和抱怨的一种倾诉而已。他们相信即使那么问了，佛品出了抱怨的意味，也是不会责怪他们的。反而，会理解他们，体恤他们。中年人是每每会问"人生有什么意义"的。相互问一句，或自说自话问自己一句。相互问时，回答显得有些多余。一切都似乎不言自明，于是相互获得某种心理的支持和安慰。自说自话问自己时，其实自己是完全知道一种意义的。

上有老下有小的人生，对于大多数中年人都是有压力的人生。那压力常常使他们对人生的意义保持格外清醒。人生的意义在他们那儿是有着另一种解释的——责任。

是的，责任即意义。是的，责任几乎成了大多数寻常百姓的中年人之人生的最大意义。对上一辈的责任、对儿女的责任、对家庭的责任。总而言之，是子女又为子女、是父母又为父母、是兄弟姐妹又为兄弟姐妹的林林总总的责任和义务，使他们必得对单位、对职业也具有铭记在心的责任和义务。

在岗位和职业竞争空前激烈的今天，后一种责任和义务，是尽到前几种责任和义务的保障。这一点不须任何人提醒和教诲，中年人一向明白得很、清楚得很。中年人问或者仅仅在内心里寻思"人生有什么意义"时，事实上往往等于是在重温他们的责任课程，而不是真的有所怀疑。人只有到了中年时，才恍然大悟，原来从小盼着快快长大好好地追求和体会一番的人生的意义，除了种种责任和义务，留给自己的，即纯粹属于自己的另外的人生的意义，实在是并不太多了。他们老了以后，甚至会继续以所尽之责任和义务尽得究竟怎样，来掂量自己的人生意义。"究竟"二字，在他们那儿，也另有标准和尺度。中年人，尤其是寻常百姓的中年人，尤其是中国之寻常百姓的中年人，其"人生的意义"，至今，如此而已，凡此而已。

"人生有什么意义"这一句话，在某些青年那儿，特别是独生子女的小青年们那儿问出口时，含义与大多数是他们父母的中年人根本不相同的。其含义往往是，如果我不能这样；如果我不能那样；如果我实际的人生并不像我希望的那样；如果我希望的生活并不能服务于我的人生；如果我不快乐；如果我不满足；如果我爱的人却不爱我；如果爱我的人又爱上了别人；如果我奋斗了却以失败告终；如果我大大地付出了竟没有获得丰厚的回报；如果我忍辱负重了一番却仍竹篮打水一场空；如果……如果……那么人生对于我究竟还有什么意义？

他们哪里知道啊，对于他们的是中年人的父母，尤其是寻常百姓的中年人的父母，他们往往即是父母之人生的首要的、最大的、有时几乎是全部的意义。他们若是这样的，他们是父母之人生的意义；他们若是那样的，他们是父母之人生的意义；换言之，不论他们是怎样的，他们都是父母之人生的意义；而当他们倍觉人生没有意义时，他们还是父母之人生的意义；若他们奋斗成为所谓"成功者"了，他们的父母之人生的意义，于是似乎得到一种明证了；而他们若一生平凡着呢？尽管他们一生平凡着，他们仍是父母之人生的意义。普天下之中年人，很少像青年人一样，因了儿女之人生平凡，而倍感自己之人生没意义。恰恰相反，他们越平凡，他们的平凡的父母，所意识到的责任便往往越大、越多……

由此我们得到一种结论，所谓"人生的意义"，它一向至少是由三部分组成的：一部分是纯粹自我的感受；另一部分是爱自己和被自己爱的人的感受；还有一部分是社会和更多有时甚至是千千万万别人的感受。

当一个青年听到一个他渴望娶其为妻的姑娘说"我愿意"时，他由此顿觉人生包含一切意义了，那么这是纯粹自我的感受。

"世上只有妈妈好，有妈的孩子是块宝。"——这两句歌词，其实唱出的更是作为母亲的女人的一种人生意义。也许她自己的人生充满苦涩，但其绝对不可低估的人生之意义，宝贵地体现在她的孩子身上了。

爱迪生之人生的意义，体现在享受电灯、电话等发明成果的全世界人身上；林肯之人生的意义，体现在当时美国获得解放的黑奴身上；曼德拉的人生意义体现于南非这个国家了；而俄罗斯人民，一定会将普京之人生的意义，大书特书在他们的历史上……

如果一个人只从纯粹自我一方面的感受去追求所谓人生的意义，并且以为唯有这样才会获得最多最大的意义，那么他或她到头来一定所得极少。最多，也仅能得到三分之一罢了。但倘若一个人的人生在纯粹自我方面的意义缺少甚多，尽管其人生作为的性质是很崇高的，那么在获得尊敬的同时，必然也会引起同情。比如阿拉法特，无论巴勒斯坦在他活着的时候能否实现艰难的建国之梦，他的人生之大意义对于巴勒斯坦人来说都是明摆在那儿的。然而，我深深地同情这位将自己的人生完完全全民族目标化了的政治老人……

权力、财富、地位、高贵得无与伦比的生活方式，其中任何一种都不能单一地构成人生的意义。即使合并起来加于一身，对于人生之意义而言，也还是嫌少。

这就是戴安娜王妃活得不像我们常人以为的那般幸福的原因。贫穷、平凡、没有机会受到过高等教育、终生从事收入低微的职业，其中任何一种都不能单一地造成对人生意义的彻底抵消。即使合并起来也还是不能。因为哪怕命运从一个人身上夺走了人生的意义，却难以完全夺走另外一部分，就是体现在爱我们也被我们爱的人身上的那一部分。哪怕仅仅是相依为命的爱人，或一个失去了我们就会感到悲痛万分的孩子……

而这一种人生之意义，即使卑微，对于爱我们也被我们爱的人而言，可谓大矣！

人生一切其他的意义，往往是在这一种最基本的意义上生长出来的。

好比甘蔗是由它自身的某一小段生长出来的……

在喧嚣的世界里，
坚持以匠人心态认认真真打磨每一本书，
坚持为读者提供
有用、有趣、有品位、有价值的阅读。
愿我们在阅读中相知相遇，在阅读中成长蜕变！

好读，只为优质阅读。

致父亲

策划出品：好读文化	装帧设计：陈绮清
监　制：姚常伟	内文制作：书虫图文
产品经理：刘　雷	责任编辑：张　倩

图书在版编目（CIP）数据

致父亲 / 梁晓声著 . — 南京 : 江苏凤凰文艺出版
社，2022.3（2025.9 重印）
ISBN 978-7-5594-6107-0

Ⅰ . ①致… Ⅱ . ①梁… Ⅲ . ①散文集 – 中国 – 当代
Ⅳ . ① I267

中国版本图书馆 CIP 数据核字（2021）第 171942 号

致父亲

梁晓声　著

责任编辑　张　倩

特约编辑　刘　雷

装帧设计　陈绮清

出版发行　江苏凤凰文艺出版社

　　　　　南京市中央路 165 号，邮编：210009

网　　址　http://www.jswenyi.com

印　　刷　三河市中晟雅豪印务有限公司

开　　本　880 毫米 ×1230 毫米 1/32

印　　张　8.375

字　　数　159 千字

版　　次　2022 年 3 月第 1 版

印　　次　2025 年 9 月第 21 次印刷

书　　号　ISBN 978-7-5594-6107-0

定　　价　49.50 元

江苏凤凰文艺版图书凡印刷、装订错误，可向出版社调换，联系电话 025-83280257